徳間文庫

大奥騒乱

伊賀者同心手控え

上田秀人

徳間書店

目次

第一章　上を狙う者

一

大奥上臈飛鳥井は、一瞬唖然とした。

「なんと言われた」

「もう一度申しあげましょう。今後、わたくしに従っていただきたい」

背筋をまっすぐ伸ばした松平越中守定信が述べた。

二人が話し合っているのは、大奥と表の境を仕切る御広敷であった。御広敷には、大奥女中と幕府役人が面談するための座敷が設けられている。

飛鳥井は、白河藩主松平越中守定信の呼び出しを受けて、その座敷まで足を運んでいた。

「なぜ、大奥が越中に従わねばならぬのだ」

不機嫌さをあらわに、飛鳥井が問うた。

上臈は、御台所(みだいどころ)を補佐する。多くは名門公家(くげ)の娘から選ばれて江戸へ下向し、生涯を大奥で過ごした。老中と同格の扱いを受け、御三家を尾張(おわり)、紀伊(きい)、水戸(みと)と呼びすてるだけの権威をもっていた。

「田沼主殿頭(たぬまとのものかみ)が専横をこのままにしておくわけには参らぬ。上様の権威がどれほどないがしろにされているのか、気がついていないとは言わさぬ」

口調を変えて松平定信が、断じた。

「それがどうした。大奥にはなんの関係(かかわり)もない。大奥は表にかかわらぬが決まりじゃ」

あらためて飛鳥井が首を振った。

「おもしろいことを言う」

冷たい声で松平定信が笑った。

「春日局(かすがのつぼね)、桂昌院(けいしょういん)、月光院(げっこういん)。この三人がどれほど政(まつりごと)に口を出したか、知らぬはずはなかろう」

「…………」

飛鳥井は沈黙するしかなかった。

三代将軍家光の乳母として大奥を創始したのが春日局であった。廃嫡されかかった家光を将軍とした功績で、政にもかなりの影響を及ぼした。また、桂昌院は五代将軍綱吉の、月光院は七代将軍家継の生母として、それぞれ大きな権力を振るった。

「大奥は次の将軍を預かる場所。また、上様の夜を司る。将軍家と直接話ができ、そこに表の役人が入ることはできぬ。これがどういうことか、説明せねばならぬほど、上臈はものを知らぬか」

あざけるように松平定信が言った。

「何度言われようとも、返事は同じでござる。大奥は何方とも与まぬ。大奥はただ上様のためにだけある」

きっぱりと飛鳥井は拒絶した。

「上様のためと言うなら、余は八代将軍吉宗さまの孫ぞ。田沼ごとき足軽あがりとはちがうのだ。もしかすると、余が大奥の主だったかも知れぬのだ」

「残念ながら、貴殿は上様ではない。大奥にとって上様以外は誰も同じ。仮定の話でものごとが進むのならば、妾は帝の中宮であったかもな」

飛鳥井が生まれを自慢する松平定信を嘲笑した。

「その言葉忘れるな。今ここでよい返事をしておいたほうが無難だったものを。五分と五分、相身互いの約定をかわせたのだ。それを、そなたは断った。となれば、次は力で従属させることになる。そのときになって、あれやこれやの条件は付けさせぬゆえ、覚悟しておくがいい。政も義もわからぬ愚かな女が」

飛鳥井を罵って、松平定信が立ち去っていった。

「大奥を攻められるとでも思っているのか」

一人残った飛鳥井が、嘲笑した。

「念のため、大島に注意するよう申しつけておくか」

飛鳥井が大奥へと戻った。

「お呼びでございましょうや」

飛鳥井のもとへ、表使い大島が訪れた。

「うむ。近う寄れ。じつはの、松平越中守がこのようなことを申してきおったわ」

「大奥を支配すると……」

委細を聞かされた大島はあきれた。

女の城といわれる大奥の闇は深い。

大奥は将軍以外の男の出入りを許さない。その一人の男を数百の女が奪い合い、権謀術策が飛び交う場所、これが大奥であった。

大奥にいる女の目的はただ一つ、将軍の子を孕み、男子を出生することだ。産んだ子が次の将軍となれば、ご生母さまと称せられ、大奥第一の権力者となるだけではなく、実家も栄達を重ねられた。そのために、他の女から少しでも将軍の寵愛がはがれるよう相手を中傷したり、ときには力ずくで排除することもある。別の側室が妊娠したと知れると、流産するようあらゆる手立てを尽くすのだ。

表の権力争いなど児戯にひとしく思えるほど、女同士の戦いはすさまじい。

「大奥を知らぬにもほどがございましょう」

薄く大島が嗤った。

表使いは、大奥と外の接点すべてを管轄する。身分だけでなにもしない上臈に代わって大奥を差配した。それだけに賢い女でなければ務まらず、大奥女中のなかでもとくに優秀な者が任じられた。

八百石取の旗本の娘として大奥へあがった大島は、まだ二十五歳の若さで表使いに抜擢され、数年にわたって役目を無事に果たしてきた。

「何をしてくると思うか」

「大奥を締めあげるにもっともよろしいのは、七つ口の閉鎖でございましょう」

すぐに大島が応じた。

七つ口とは、大奥の出入り口である。女中やものは、七つ口を通って大奥へ入った。

「買いものをさせぬというか」

飛鳥井が眉をひそめた。

例外はあるが、大奥は終生奉公であった。一度あがれば、まず世間に出られない。そんな閉じこめられた女たちの抑圧された精神をいやすのは、嗜好品であった。一枚が何十両、いや百両をこえるような豪華な着物や、庶民が生涯口にすることのない高価な菓子などを、大奥の女中たちはむさぼるように求めた。

七つ口が閉じられてしまえば、そのどれもが手に入らなくなる。

「なれど、できますまい」

ゆっくりと大島は否定した。

七つ口を閉じることは簡単であった。七つ口を管轄する御広敷番頭に命じればすむ。

しかし、大奥も黙ってやられはしなかった。

大奥には切り札があった。

将軍である。

現将軍の家治は、あまり女を欲しがる性質ではないが、それでも月に何度かは大奥へ渡ってくる。そのおり添い寝の側室、あるいは挨拶に出た上臈、誰でもいい。七つ口が閉ざされて困っていると告げればいいのだ。聞かされた家治は、翌朝、お気に入りの田沼主殿頭意次へ、大奥の要求を伝える。それだけで七つ口の封鎖は解かれ、手を出した松平定信と協力した役人らの首は飛ぶ。

「損害が大きすぎましょう」

冷静に大島は判断した。

「だが、このままですむはずもない。なにもせぬなら、わざわざ越中守が来る意味がない。なにかしらの行動があるのだろう」

飛鳥井が懸念を口にした。

「気を付けておきまする」

大島は引き受けた。

「御台さまお忌日の参拝にお中臈佐久間さま、明朝寛永寺までご出立なされる。供の者の手配をなせ」

七つ口の隣にある下ご錠口を通じて、大奥から御広敷伊賀者組頭へ通達があった。

「参詣か。明日は誰をいかせるか」

組頭百地玄斎がつぶやいた。

御広敷伊賀者は大奥の警固を任としていた。三十俵三人扶持で定員は六十名あまり、組頭になっても五人扶持増えるだけという、薄禄を絵に描いたような御家人であった。当番、宿直、非番の三交代で、御広敷伊賀者番所へ詰め、七つ口に出入りする者たちを見張ったり、大奥から出かける女中たちの供をした。

「……ふむ。こいつでいいか。しばらく供もしておらぬようだしな」

百地玄斎が、配下のなかから一人を選んだ。

翌朝、四谷の伊賀屋敷から御広敷伊賀者番所へ出勤した御厨一兵は、組頭百地玄斎から呼び出された。

「なにか」

「佐久間さまの供をして上野の寛永寺まで行け」

百地玄斎が命じた。

「お供でございまするか」

御厨一兵は身を乗り出した。

奥女中の供は伊賀者同心にとって、なによりの楽しみであった。

「うむ。大奥玄関にて控えておるように」

身分の高い女中が公用で出かけるときは、七つ口の隣にある大奥玄関から出入りした。

「はっ」

言われた一兵はいそいそと出かけた。

「うらやましいぞ」

番所を出ようとしたところで、一兵は同役の柘植源五から肩をたたかれた。

「一年ぶりだ」

笑いながら一兵は源五に手を挙げて応え、番所を後にした。

大奥女中の外出には、大きく分けて二つあった。

一つは御台所あるいは将軍生母の代理として神社仏閣へ参るなどの公用と、不幸で実家に戻るなどの私用である。そして公用には、警固として伊賀者が供をした。

供を命じられた伊賀者は、奥女中の警固を担うとともに見張りもしていた。

大奥は将軍の私なのだ。そこにいる奥女中たちへ謀反を企む連中の手が伸びては、将軍の命にかかわる。

だが、閉じられた大奥のなかで生活する女中たちにとって、堂々と外出できる代参は、なによりの息抜きである。がちがちに締めつけては、不満が解消されるどころか増大しかねない。そのたまった不満が、将軍へ向けられてはたいへんである。それを防ぐ意味もあって、公用での外出にはちょっとした目こぼしがあった。

代参に出た女中たちは、さっさと用件をすませると、空いた時間を使って花見をしたり、芝居を見物したり、名のある料理屋で食事と酒を楽しんだりするのだ。

その遊びを見て見ぬ振りをしてもらうため、女中たちから幾ばくかの心付けが供をする伊賀者へ渡される慣例となっていた。

「寛永寺へのお供ならば、上野でも浅草でもいけるな」

公用での供をすれば、金がもらえる。一兵は頰を緩めた。

翌朝、玄関脇で待つこと半刻（約一時間）、佐久間がようやく姿を現した。

「本日のお供を命じられました。伊賀者同心、御厨一兵にございまする」

「………」

片膝をついて名乗る一兵に、目を向けることさえなく、佐久間が用意されていた駕籠のなかへと身を滑らせた。

大奥でもかなりの地位にいなければ、代参を任されることはない。伊賀者同心とは身分が違う。いつもの反応と一兵は気にもしていなかった。

「これを」

近づいてきた奥女中が、一兵に小さな紙包みを渡した。

「…………」

何も言わず、一兵は紙包みを懐へ入れた。

見逃すための賄賂なのだ。受け取った礼を口にしてはいけなかった。

「ご出立なされましょう」

金を渡した女中が、出発を宣した。

奥女中の駕籠を担ぐのも女である。前後二人ずつで棒を担い、ゆっくりと進み出した。

一兵は行列の最後尾についた。

「一分か」

のんびりとついて歩きながら、一兵は懐の金を手で量った。一分は一両の四分の一、銭にしておよそ千五百文になる。

三十俵三人扶持の伊賀者同心の収入は、本禄扶持米をあわせて、およそ一年で十二両と少しにしかならない。それからすると一分は大きな金額であった。

「これだけあれば吉原もいけるが、一日で散財するのはもったいないな。上野で腹をふくらませて、そのあと岡場所で妓（おんな）でも抱くとするか」

ご免色里（めんいろさと）の吉原なら、一分などあっという間になくなってしまうが、安い岡場所ならば三回は楽しめた。

一兵は今日の予定を組みあげた。

女が担ぐ駕籠は、歩くよりも遅い。なんとか昼前に上野寛永寺へ着いた。

「御台さまのお霊屋（たまや）へ」

案内の僧侶を連れて、寛永寺の奥へと消えていった佐久間が供養を終えて戻ってきたのは、正午過ぎ（午後一時前）であった。

「中村座へ参りまする」

寛永寺を出た駕籠は、まっすぐに日本橋堺町にある中村座へと移動した。

「八つ半前（午後三時ごろ）に」

一兵に金を渡した奥女中が告げた。

「承知」

首肯（しゅこう）して一兵は、行列から離れた。

伊賀者の余得は、金の他にこの一刻（約二時間）ほどの暇であった。

少し離れたところで、一兵は袴の股だちを下ろした。

伊賀者の身分は低い。寒中といえども足袋は履けず、袴の股だちを高く上げ、常に毛臑をさらけ出していなければならなかった。

これでは遊びに行った先であっさりと身分がばれてしまう。行列を離れた伊賀者は、なによりもまず、袴をおろした。

「腹が減ったな」

代参の間は、おとなしく駕籠の後ろで控えていなければならない。一兵は朝、飯と漬け物を食って以来、なにも口にしていなかった。

女の肌より、一兵は食事を優先した。

「まずは喰いものだ」

目についた一膳飯屋へ一兵は入った。

一膳飯屋の料理でときのかかるようなものはない。待つほどもなく、目の前に冷や飯とおかずが並べられた。

「うまそうだ」

一兵はゆっくりと噛んだ。

忍の心得に早飯はするなと言うのがある。

よく嚙むことで胃が一気にふくれあがるのを防ぎ、さらに食べものにしこまれた異物の発見を容易にする。

「馳走であった」

飯碗の米粒一つ残らず、一兵は平らげた。

「次は女だ」

まだ刻限までは半刻（約一時間）以上あった。

中村座のおかげで人の集まる堺町には小さな遊郭がいくつもあった。将軍家お成りのおりには見世ごと潰さなければならないため簡素な作りではあったが、何人かの妓を置いて、昼夜商売をおこなっていた。

「旦那、ひとしきり一朱でいかがでござんすか。いい妓がそろっておりやんすよ」

「うちは二百文でひとしきりでよろしゅうございますよ」

岡場所の男衆が、次々と一兵を誘った。

ひとしきりとは、一度男が精を放つまでのことだ。

「女の顔を見てからだ」

一兵は客引きの男たちを相手にしなかった。

独り者とはいえ、父と母、嫁入り前の妹を抱える一兵に、余分な金などなかった。余得の入ったときしか女を抱くことはできないのだ、無駄に遣う気はなかった。

「ううむ」

数軒の遊女屋を見た一兵はうなった。好みの女がいなかったのだ。

「残りは三朱と六百文か」

懐の金を一兵は数えた。

一朱遣えば、岡場所で妓と過ごすことができた。前に抱いてから三カ月近い。一兵は欲望を感じていたが、満足できない女で発散する気分にはならなかった。

「次の非番に内藤新宿へでも行くか」

一兵は女をあきらめた。

「なにか土産でも……」

家で待っている家族のために、稲荷寿司と団子を買った一兵は中村座へと戻った。

二

「少し早かったな」

中村座近くの芝居茶屋伊勢喜前に駕籠は止まっていたが、誰の姿もなかった。

一幕だけ立ち見とか、桝席でゆっくり一日といった芝居見物と奥女中のものは、まったく別であった。

奥女中の芝居見物の肝要はまず目立たないことであった。多くの場合、奥女中は芝居小屋の二階、その隅の桝を買い切って、贔屓の役者が出る一幕だけを見物する。終わればすぐに小屋を出て、予約してあった芝居茶屋へ席を移す。

ここからが本番であった。

出番を終えた贔屓役者を呼びつけ、芝居茶屋で宴席を設けるのだ。

「佐久間どのがご贔屓は、中村伝三郎か」

伊賀者は奥女中一人一人の好みも把握していた。

「床入りまでする余裕はなさそうだが……」

ちらと芝居茶屋の二階を見あげた一兵は、みょうな気配に気づいた。

「どういうことだ」

伊勢喜を取り囲むように、無頼たちが集まっていた。

「四人……いや六人か」

足を止めて一兵は様子をうかがった。無頼たちはさりげなく辻の角などへ身を隠し、目立たないようにしていたが、しっかりと伊勢喜を見張っていた。

「いやな感じがする」

一兵は動きやすいよう、袴の股だちを取った。

「出て来たか」

伊勢喜のなかがざわつき、最初に一兵へ金を渡した奥女中が姿を現した。周囲を軽く見渡して、異状の有無を確認する。まだ一兵がいないことに気づいたのか、奥女中は一瞬眉をひそめた。伊賀者が間に合わないことはままあった。見逃すのも暗黙の了解である。城に入るまでに行列へ参加していれば、問題になることはない。奥女中が、一度暖簾の奥へと退いた。

駕籠かきの女中たちに隠されるように、佐久間が伊勢喜から出てきた。

待っていた無頼たちが動き始めた。

「狙いは佐久間どのか」

一兵は、素足になった。

「お女中さまよお」

無頼の一人が佐久間へ声を掛けた。

「無礼者、近づくでない」

鋭く奥女中が叫んだ。

「ちょっとお願いがございましてね。いえ、ほんの少し、もう一刻（約二時間）ほど、お暇を潰していただけやせんかね」

奥女中を無視して、無頼は佐久間に話しかけた。

「御駕籠へ」

駕籠かきの女中が佐久間を促した。

「さすがだな」

顔色を白くしながらも、落ち着いた挙措（きょそ）で駕籠へ入った佐久間に、一兵は感心した。

「言うことを聞いたほうが、お互いのためになりやすよ。あっしらは用件をすませることができ、お女中方は怪我することなくお城へ帰れる」

無頼が包囲を縮めた。

「門限を破れと言うか」

奥女中がにらみ付けた。

「主が主なら、お付きもお付きだ。なかなか気が強い」

感嘆しながら、一兵は周囲に目をやり続けていた。すぐに助けに入らなかったのは、大奥女中と明らかにわかる一行へ、無頼が絡むとは考えられなかったからだ。

「あいつか」

少し離れたところで騒ぎを囲んでいる野次馬のなかに、一人雰囲気の違う武士がいるのを一兵は見つけた。

「目が醒めてる」

もめ事の好きな江戸の庶民たちが、心配そうななかにも興味を持った瞳で見つめているのに対し、その武家は冷静に観察していた。

「顔と紋は覚えた」

他にみょうな気配を出している者がいないことを確認して、一兵は駕籠へと近づいた。

「遅い、なにをしていた。このようなときのための伊賀者であろう」

きびしい声で奥女中が咎めた。

「申しわけございませぬ。こやつらを後ろから操っている者を探しておりました」

さらに無頼たちの手にあるのが、刃物ではなく薪だったことも余裕の原因だった。殺すつもりはないと読んでの行動であった。

「なにっ」

軽く頭を下げた一兵に、奥女中の追及が止まった。

「…………」

目の隅に捉えていた侍が、あわてて野次馬のなかへ消えていくのを一兵は見送った。

「ばかが。動けばそうだと白状したも同じだろうに」

小さく一兵はつぶやいた。

「なんだ、おまえは」

一兵に向かって無頼が凄んだ。

「どうぞ、御駕籠をお出しくださいますよう」

無頼を無視して、一兵は奥女中に言った。

「よいのか」

奥女中が、懸念を口にした。

「このようなときのための、伊賀者でございまする」

一兵は強くうなずいた。

「ま、任せたぞ。御駕籠をあげよ」

震えを抑えて奥女中が命じた。

「ええい」

不安そうな顔ながら、駕籠かきの女中たちが長柄を担いだ。

「おい。動くなと言ったろうが」

手にしていた薪を振りあげて無頼が近づいてきた。

「ごめんを」

奥女中へ頭を下げて、一兵は動いた。

「げっ」

もっとも近い無頼の腹に、一兵は太刀の柄を当てた。みぞおちへの一撃は、人の身体の動きを阻害する。息することさえできなくなった無頼が、苦鳴を漏らして崩れ落ちた。

「こいつ……」

残った五人がいっせいに足を止めた。

「伊八になにをしやがった」

無頼の親分らしいのが、低い声で訊いた。

「襲いきたのだ。やられても文句はあるまい」

駕籠をかばうように、一兵は立ちふさがった。

「まあ、胃の腑を突いたからな。十日は飯が喰えまいよ。腕もないくせにかかってくるからだ」

一兵は挑発した。

「このやろう。おい。女どもを殺すなとは言われたが、男についてはなにも命じられちゃいねえ。かまわねえから、やってしまえ」

親分が、子分たちに指示した。

「へい」

応じて子分たちが薪を捨てて、懐から匕首を取り出した。

「死にやがれ」

四人の無頼が一気に一兵へと迫った。

天下の往来で、太刀を抜くことは、いかに幕臣といえどもまずかった。

武士は庶民の上に立つ。田を耕さず、ものを作らず、売り買いせず、先祖代々の禄で生きていける。そこに求められるのは、きびしい自制であった。

無礼討ちなど論外、白刃を鞘走らせただけで、咎めを受けるのが武士なのだ。でなければ、太刀と脇差という刃物を腰に帯びるなど許されなかった。

一兵は素手で対応した。

どれほど息を合わせたところで、足の運び、手の長さなどで襲撃に遅速が生まれる。

その差を際立たせるため、一兵はわざと後ろへ下がった。

「口ほどにもねえ」

「怖がってやがる」

退いた一兵に、無頼たちが調子に乗った。

「ふっ」

小さく笑って一兵は、足下の小石を蹴った。

「わっ」

もっとも遠かった無頼が顔に石を当てられ、鼻から血を噴き出して止まった。

「くたばれっ」

近づいた無頼が匕首で突いてきたのを、一兵は摑んでひねった。

「ぎゃっ」

肘を逆に決められて無頼が悲鳴をあげた。

「やろう」

続けて襲い来た無頼へ、摑まえた奴の身体をぶつけるように差し出した。

「わあああ」

「ひいい」

腕を押さえられた無頼の腹に、仲間の匕首が突き刺さった。

「矢太、なにを」

「す、すまねえ。権兄」

思わず匕首の柄から手を離した矢太を、一兵は蹴り飛ばした。鈍い音がして、矢太の臑の骨が折れた。

「痛てえ」

臑を抱えて矢太が転がった。

「抜くなよ。匕首を抜けば、血が出て死ぬぞ。そのまま外道医者へ駆けこめ」

一兵は権の手を離した。

「わ、わ、わあああ」

泣きながら権がよろよろと逃げ出した。

「どうする、まだやるか」

一兵が三人目に問うた。

「……親分」

匕首を腰にあてたまま無頼が親分を見た。

「ちっ、情けねえ」

親分が吐き捨てるように言ったが、すでに四人の配下が使いものにならなくなっていた。

「覚えてろ」

親分が背を向けた。

「どこの誰だ、あいつは」

見ていた野次馬へ一兵は問いかけた。

「情けねえ。小網町の弥蔵が、尻尾をまいてやがる」

野次馬から返答があった。

「誰だ、出てこい」

弥蔵が、大声で威嚇した。

一兵が止めた。

「そっちにあたる元気があるなら、相手になるか」

「……どきやがれ」

ちらと一兵を見た弥蔵が野次馬の間をかき分けるようにして、去っていった。

「急がねばな」

かなり駕籠と離れていた。一兵は走った。

隼鷹の術というのが、伊賀にはあった。独特の足捌きで、通常の倍近い疾さを出す。身体を傾けるようにして、片方の足にだけ体重をかけ、負担のない足を大きく振り出すことで歩幅をかせぐ。体重の掛けられた足が疲れたら交代させ、いつまでも速度を落とすことなく続けることもできた。

「戻ってきたか」

明らかにほっとした顔で奥女中が一兵へ話しかけた。

「あの者どもは」

「ご安心を」

一兵は告げた。

「なにかあるようなことを申しておったな」

奥女中が咎めるような目を一兵へ向けた。

「はい」

「なれど、佐久間さまにあのような思いをさせるなどは許されざること。表使いさまへご報告いたしまするぞ」

「ううむ」

一兵はうなった。

襲撃者の正体を調べる。伊賀者としての対応にまちがいはなかったが、代参の警固としては問題であった。

「やむをえませぬ」

嘆息しながら、一兵はうなずいた。

一兵も組頭へ今回の一件を告げるつもりであった。伊賀者に判断は許されていなかった。小網町の弥蔵をどうするかなど一兵には決められなかった。

行列は、門限に遅れることなく、七つ口へと戻った。

「ただいま戻りましてございまする」

番所へ顔を出した一兵は、組頭百地玄斎のもとへ行った。

「なにがあった」

雰囲気で感じ取った百地玄斎が問うた。

「このようなことが……」

一兵はすべてを語った。

「ふむ。わかった。勤めへ戻れ」

「では」

百地玄斎の許しを得て、一兵は番所を出て、勤務へと入った。

三

伊賀者の宿直は三日に一度、朝五つ（午前八時ごろ）から、翌朝五つまでの一昼夜であった。

「御厨」

小半刻（約三十分）ほど早く、交代の同僚が来た。

「ずいぶんと早いな」

「組頭どのが、お呼びだ」

交代の同僚が教えた。

「承知」

一昼夜立ちっぱなしだった一兵は、軽く膝を屈伸させると番所へと足を進めようとした。

「ああ。そちらではないぞ。詰め所だ」

同僚が指さした。

「わかった」

一兵は、御広敷のなかにある詰め所へと顔を出した。

「お呼びで……」

詰め所に大奥女中が座っていた。一兵は一瞬唖然とした。

伊賀者詰め所は、下ご錠口を通じて大奥とつながっていた。普段は分厚い杉戸で隔絶され、行き来するには双方から鍵をはずさないと開くことはできなくなっていた。

「大奥表使い大島さまである。控えろ」

詰め所の片隅に、百地玄斎が正座していた。表使いは、表の若年寄に比肩する大奥の権力者であった。伊賀者などと同席するなど考えられなかった。

「ご無礼をいたしました」

慌てて一兵は廊下で平伏した。

「そなたが、昨日代参の供をいたしたのか」

「はい」

一兵は叱責を覚悟した。

「咎め立てるのではない。話を聞かせよ」

「昨日のことを詳細に申しあげよ」

横から百地玄斎が助けを出した。

「わかりました」

一兵は語った。

「門限破りを目的としたな。絵島の再現を狙ったか」

聞いた大島がつぶやいた。

絵島とは、七代将軍家継の御世、大奥で権力をふるっていた月光院の腹心のことだ。その絵島が代参の帰り芝居見物に夢中となり門限を破った。月光院の専横を危惧していた老中たちは、これを奇貨として絵島を遠島に処し、月光院の力を削いだ。

「門限破りを理由に、しばらく代参を停止せよと来るつもりだったか。姑息なまねを」

大島が推測した。

閉じこめられた多くの女中にとって息抜きである代参は本来、重要な役目であった。江戸城を出ることの許されない御台所たちの代わりに、将軍家の先祖を供養するのが目的である。代参が停止となれば、先祖の祀りもできぬのかと大奥の権威にも傷がついた。

「一つ訊く」

思考を終えた大島が、口を開いた。

「助けよりも周囲を探ったのはなぜだ」

「あのていどの輩を倒すのに手数は不要でございました。それよりも裏を探るべきと勘案つかまつりました」

一兵は答えた。

「あやしい武家が一人いたのだな」

「はい。確実とは言えませぬが、あからさまに不審でございました。さすがに後をつけるわけには参りませなんだが」

襲われた奥女中を見捨てていくことはできなかった。

「よい判断じゃ」

褒めたあと、大島がじっと一兵を見た。

「……………」

一兵も大島を見返した。

引き締まった顔立ち、意志の強さをあらわすかのように引き締められた唇。一兵は大島のことを美しいと感じた。

「惜しむらくは……眉が濃すぎる」

聞こえないよう、一兵は口のなかでつぶやいた。切れ長の目、小さな鼻に似合わぬほど大島の眉は太かった。

「一兵」

百地玄斎が叱った。

呼気よりも小さな声を、百地玄斎は拾っていた。

「申しわけございませぬ」

やはり小声で一兵は詫びた。

「百地」

「はっ」

呼びかけられた百地玄斎が、応えた。

「この者をしばらく借せ」

大島が言った。

「承知と申しあげたきところではございまするが、御広敷番頭さまのお許しを得ませぬと……」

百地玄斎が述べた。

伊賀者は、御広敷番頭の支配を受けていた。

「番頭、いや御広敷用人をこれへ」

御広敷用人は御広敷すべてを支配している。御広敷番頭よりも上役であった。

「はっ」

命じられて百地玄斎が、詰め所を出て行った。

「そなた、名は」

尊大に大島が質問した。

「御厨一兵にございまする」

「……御厨か。襲い来た男どもの身元も知れておると申したな」

「日本橋小網町に住まいする弥蔵とその手下でございまする」

一兵は告げた。

「その者を捕らえ、後ろにおる者の名前を聞き出すのじゃ」

「番頭さまのお許しをいただければ、ただちに」

上意下達を外れ、個人として引き受けることはできなかった。

「面倒な」

不服そうに大島が眉をしかめた。

「お呼びでございまするか」

御広敷用人玉城（たまき）上総介（かずさのすけ）正則（まさのり）が、小走りでやってきた。

女の集まりである大奥は、老中でもやりにくい相手であった。それを大過なく扱うことのできる者が、御広敷用人である。奥右筆組頭やお小納戸などを経験した老練な者でなければ務まらなかった。

玉城上総介は、歴代の用人のなかでも若く、大奥の後押しを受けて一層の出世を狙っている能吏であった。

「上総介。この者を大奥へもらいたい」

挨拶もなく大島が口にした。

「承知いたしました。このような者でよろしければ、ご随意に。よいな、百地」

詳細を聞こうともせず、玉城上総介が認めた。

「お心のままに」

表使いと御広敷用人が納得したのだ。たかが御広敷伊賀者組頭ていどであらがえるはずもなく、百地玄斎も承諾した。

「しかし、男を大奥へ入れることは適いませぬが……」

百地玄斎が訊いた。

「ここで話をすればすむ」

大島がなんでもないことだと述べた。

「ここへ毎日詰めておくように」

「毎日でございまするか」

聞かされた一兵は、苦い顔をした。

貧しい伊賀者同心は、三日で一日という勤務体制のお陰で生きていた。一度の勤務は宿直を含めた丸一昼夜だったが、そのあと半休と全休になる。その休みはなにをしていても咎められることはないため、ほとんどの伊賀者が、少しでも家計の足しにと内職へ精を出す。ご多分に漏れず、一兵も組紐(くみひも)作りをやっていた。

「これっ」

玉城上総介が、渋るような顔をした一兵を叱った。

「…………」

怒声をあげた玉城上総介を無視して、大島が一兵を見つめた。

「遠慮いたせ」

「はあ」

大島の意図が伝わらなかったのか、玉城上総介が奇妙な声を出した。

「この者と二人きりにいたせと申したのだ」

淡々と大島が命じた。

「ですが、奥女中は男子と二人きりになることは……」

もし、ここで何かあれば、玉城上総介の責任は免れない。

「わたくしを疑うと言うのか」

大島がきびしい声を出した。

「そのようなことは……」

あわてて玉城上総介が、頭をさげた。

「すぐに終わる。しばしのことぞ」

「承知いたしましてございまする」

しぶしぶ玉城上総介が承知した。

「無礼なことのないようにな。失礼があれば、どうなるかわかっておろうな」

小声で一兵を脅しながら玉城上総介が出ていった。

「…………」

無言で百地玄斎が続いた。

「なにが不満じゃ、申せ」

「伊賀者は三日で一日半の勤務でございまする。連日務めになりまするとなにかと……」

内職は黙認されているだけである。口にすることはできなかった。

「金か」

すぐに大島が悟った。

「月に一両くれてやろう」

「一両でございまするか……」

一兵は首肯しなかった。組紐を一カ月腰を入れて作れば、一両稼げた。

「不足か。ならば、一両二分でどうじゃ。これ以上は出せぬ」

細かい交渉を大島がした。

「お受けいたしまする」

あまり無理を言っては、後々にさわる。落としどころだと一兵は首肯した。

「ただちに行って参れ」

大島が命じた。

「承知いたしましてございまする。ですが、ご報告はいかがいたしましょう」

「毎朝四つ（午前十時ごろ）と暮れ七つ（午後四時ごろ）の二度、わたくしがここまで足を運んでくれる」

一兵の問いに、大島が答えた。

「よいか、よい報せを持って参るのだぞ。言わずともわかっておろうが、わたくし以外に他言は無用」

立ちあがった大島が、一兵を見おろしながら言った。

「はっ」

平伏して、一兵は大島を見送った。

ご錠口が閉まる音を聞いて、玉城上総介と百地玄斎が戻ってきた。

「終わったか」

「はい」

百地玄斎の問いに、一兵は首肯した。

「どのようなことを命じられた」

玉城上総介が訊いた。

「他言を禁じられております」

「伊賀者を統轄する御広敷用人にも申せぬと言うか」

すっと玉城上総介の表情が変わった。

「大島さまのお許しなくば」

一兵は首を振った。

「どういうことか、わかっておろうな」

玉城上総介が脅した。

「申しわけございませぬ」

口の軽い伊賀者など、まったく価値がない。一兵は拒んだ。

「ふん」

あからさまに不機嫌な顔で、玉城上総介が詰め所から去っていった。

「うまくやれ。表だって手助けしてはやれぬが。大奥を味方にできれば……伊賀の未来(さき)もよくなる。期待している」

百地玄斎がささやいた。

「……努力いたしまする」

一礼して一兵は詰め所を後にした。

四

小網町は、江戸湾に面した回船問屋が立ち並ぶ一角である。船の荷の積み下ろしをする人足たちが多いこともあって、なかなか気風の荒いところであった。

「少し問いたい」

一兵は、店の前で積荷の確認をしていた回船問屋の番頭らしき男に声をかけた。

「弥蔵の家を知らぬか」

「……弥蔵の親分でございますか。なら、そこの辻を右へ入った突きあたりで」

番頭がうさんくさそうな目で一兵を見た。

「助かった」

礼を言って番頭と別れた一兵は、路地を曲がった。

弥蔵の家を目の前にして、一兵は足を止めた。

「人の気配がしない」

敵地へ侵入することが主な任であった伊賀者は、気配に敏感でなければ生き残ることができなかった。戦国は遠くなったが、気配を探る技は、伊賀者の習い性となって受けつがれていた。

「…………」

一兵も気配を断った。息を殺して表障子に手をかけた。

障子を破ってなかから太刀が突きだされた。

「くっ……」

すばやく後ろに倒れることで、一兵は一撃をかわした。

背中から落ちた一兵は、反動を利用して一回転して、もう一間（約一・八メートル）後ろへと下がった。

「…………」

無言で一兵は反撃に出た。懐から手裏剣を二本出して、障子へと投げた。

伊賀の手裏剣は小筆ほどの鉄芯である。先を鋭く尖らせた手裏剣は、当たれば骨まで砕く。四肢のどこかに当たれば、相手の動きを止められる。

「かわされた……」

手裏剣の手応えがないことを一兵は悟った。障子が邪魔をしてなかの敵から手裏剣は見えない。それを二本とも、やすやすとかわしてみせたのだ。一兵は敵の実力に息をのんだ。

威力のある分手裏剣は重い。一兵は六本しか持っていなかった。

「ぬん」

気合いを入れて一兵は手持ちの手裏剣すべてを腰高障子の板めがけて撃った。手練れが放った手裏剣は、まっすぐ飛び、板を割ることなく貫通する。一兵はわざと手裏剣の角度を変えて投げた。

四本の手裏剣が少しずつ離れたところに当たり、腰板に大きなひびを作った。

一兵は板の割れ目からなかを見たが、敵の姿はなかった。

「逃げたか」

慎重に一兵は障子へと近づいた。

太刀を鞘ごと抜いた一兵はこじりを使って、障子を一気に引き開けた。

「…………」

いつでも応戦できるよう、警戒しながら一兵はなかに入った。

「すさまじいな」

なかは凄惨な有様であった。弥蔵を始め手下すべてが、殺されていた。

「急所を一刀か」

弥蔵は首の急所を裂かれ、絶息していた。

「足跡もないとは……」

殺されていた無頼のどれもが、血をまき散らしていた。しかし、その周囲のどこにも、手を下した者の足跡が残っていなかった。

「忍か」

これほどみごとに証拠を残さないのは、まず忍としか考えられなかった。

「長居を嫌うわけだ」

初撃だけで消えた理由を一兵は理解した。姿を見られては忍失格であった。

「退散したほうがよさそうだ」

他人目（ひとめ）につくわけにいかないのは、一兵も同じであった。一兵は己の投げた手裏剣を回収すると、弥蔵の家を去った。

「全員殺されていたと言うか」

人払いした詰め所で、報告を受けた大島が、絶句した。

「おそらく忍の仕業でございましょう」

己の推測を一兵は口にした。

「越中守が遣うとなれば、お庭番（にわばん）か」

「お庭番……」

大島の口から漏れた一言に、一兵は思わず身を乗りだした。

「ううむ。やむをえまい」

しくじったという表情を浮かべた大島がうなった。

「御厨、そなたの本当の任は、大奥を守ることじゃ。大奥が何者にも侵（おか）されぬようにな」

「今更のことでございまする。御広敷伊賀者は、外敵から大奥を守るのがお役目」

大島の言葉に、一兵は応えた。

「そうではないわ」

首を振った大島が事情を語った。

「白河侯を相手に……無理でございまする」

松平越中守定信は、御三卿(ごさんきょう)筆頭田安(たやす)家の出である。白河松平家の養子となったとはいえ、八代将軍吉宗の孫であることに違いはなかった。現将軍である家治とも親しく、御三家以上の影響力を維持している。いかに大奥表使いの命(めい)とはいえ、伊賀者同心がどうにかできる相手ではなかった。

「お役ご免を願いまする」

一両二分で命まで捨てる気はないと、一兵は断りを口にした。

「気がつかぬとはおろかなり」

大島が憐(あわ)れみの目で一兵を見た。

「そなた、お庭番に顔を見られたことをわかっておるのか」

「あっ」

そこまで言われて一兵も気づいた。すでに一兵は大奥側の者として、松平定信の敵へまわったと知られていた。

「逃げれば、大奥の庇護もなくなるぞ」

追い詰めるように大島が述べた。

「……ううっ」

一兵は進退窮まった。

「一両二分では安すぎまする」

開きなおるしかないと一兵は要求を口にした。

「わたくしでさえ、十二石三人扶持合力金三十両しかいただいておらぬのだ。大奥に余分な金などない」

表の若年寄に匹敵する表使いとはいえ、給金は御家人に毛が生えたほどしかもらっていなかった。

「ですが……」

侍でさえない伊賀者とはいえ、もう少し報奨がなければ、命をかける気にはならないと一兵は渋った。

「無事に越中の手を払いのけられたならば、御広敷番士への推挙を飛鳥井さまに願ってやる」

老中格とされている上臈ともなれば、旗本の一人や二人どうにでもできる。

「まちがいございませぬか」

伊賀者はどれほどの手柄を立てても、その出自から出世することはなかった。お目見えのできない御家人の御広敷番士とはいえ、まともな侍身分になれる。伊賀者のくびきから放たれることは、大きな魅力であった。

「約してくれる。その代わり、励め」

「はっ」

一兵は額を床に打ちつけるほど深く平伏した。

その夜、八丁堀にある白河藩松平家の上屋敷で、定信は若いお庭番と対峙していた。

「大奥はやはり伊賀者を遣ったか。行列を襲ったときに、姿を見られるとは、典膳も不覚な」

「申しわけございませぬ」

田安家から定信に付いてきた家臣の山崎典膳が平伏した。

「それにしても、和多田の一撃をかわすとは、なかなかやるの、そいつ」

「いかがいたしましょう」

お庭番和多田要が訊いた。

「逆らうならば、たたきつぶすだけよ」

松平定信が当然のことと告げた。


権門に人は集まる。

十代将軍家治の信頼を一身に集める老中格田沼主殿頭意次の屋敷は、夜半近くになっても訪れる客が途絶えなかった。

「御広敷用人、玉城上総介にございまする」

二刻（約四時間）以上待たされて、ようやく玉城上総介は田沼意次と会えた。

「上総介どのか。上様への細やかな心遣い、聞いておりますぞ」

書院の間で、田沼意次が迎えた。御広敷は大奥の用をなすだけでなく、将軍の食事などの日常も担当した。

「本日はどうかなされたか」

「じつは、先日、松平越中守さまが、御広敷までお見えになられまして」

玉城上総介が、述べた。

「ほう。白河侯松平越中守定信どのが」

少しだけ田沼意次の目が細められた。

「大奥に御用でもござったのかの」

田沼意次がすぐに悟った。

「はっ。大奥上臈飛鳥井さまとお話をなさりましてございまする」

わざと玉城上総介が、話を出し惜しみした。

「飛鳥井さまと。それはそれは」

笑みを浮かべたまま、田沼意次がうなずいた。

「なにをお話になられたのであろうかの」

田沼意次が首をかしげた。

「同席かなったわけではございませぬので、たしかとは申せませぬが……」

うかがうような目で玉城上総介が田沼意次を見た。

「推測できると言われるか。いや、噂どおり上総介どのは、おできになられるようだ。御広敷は上様の私を預かるところ。並の人物ではなかなか務まらぬ。御広敷で存分な働きができる。そのような人材を、遠国奉行や、目付などへ引き上げることこそ、上様より政を預かっておる我ら執政の任と、常々拙者は愚考しておりましての」

田沼意次が暗に引きあげてやると言った。

「おそれいりまする」

平伏した玉城上総介が、話を始めた。

「伊賀者に確認いたしましたところ、越中守さまは、大奥に従えと仰せられたそうでございまする」

「ほおお」

いっそう田沼意次が、目を細めた。

「飛鳥井さまのご返答は」

「お断りなされたよし」

玉城上総介が答えた。

「なるほど、なるほど」

満足そうに田沼意次が首肯した。

「上様の御信頼厚い主殿頭さまならば、越中守さまの御意向もおわかりになられましょう」

「いや、よくぞ報せてくれた。上総介どののご厚意、主殿頭、きっと忘れませぬぞ」

「お役にたてましたならば幸いでございます」

深く玉城上総介が頭を下げた。

「ご苦労でござったの」

機嫌のいい田沼意次に送られて、玉城上総介が書院の間から去っていった。

「小者め。余を試すようなまねをしおって」

笑いを消して田沼意次が吐き捨てた。

「まあいい。あの手の輩は餌さえぶらさげてやれば、喜んで食いついてくる」

小さく田沼意次が笑った。

「越中め。筆頭ではなく序列三位の飛鳥井に手を出すとは、なかなかにやる。己が十一代将軍になれなかったのは、大奥筆頭上臈高岳に嫌われたからとわかっておるようじゃ。大声で大奥の無駄をなくすなどと申したゆえ、当然であろうに」

まだ田安家にいたころ、定信は祖父吉宗にあこがれ、己が将軍となったなら大奥を始めとする幕府すべてを変えると声高に言っていた。そのなかには、専横を極める田沼主殿頭を排除するというのもあった。そこで当時大奥次席上臈だった高岳と田沼主殿頭が手を組み、定信を将軍候補からはずし、白河松平の養子に放り出した。

「御殿育ちの越中がどこまでやれるか。おもしろい見物となりそうじゃ。儂と組んだことで大奥筆頭になれた高岳も、少し驕慢が過ぎてきたで、余に代わってお灸を据えてもらうのもよい」

冷めた湯飲みから、意次は白湯を口に運んだ。

大奥が男子禁制な理由はただ一つ、将軍の正統にかかわるからであった。大奥の誰が妊娠しても、それはすべからく将軍の胤と認定された。もし、大奥へ他の男が出入りできたならば、生まれてくる子供の父親に疑義をはさむことになる。大奥で生まれた息子の誰が将軍となろうとも、その血筋に毛ほどの疑いを挟まれないよう、男子禁制は厳格に守られていた。

「上様お渡りにございまする」

女中の声とともに、鈴が鳴らされ、大奥と表を結ぶ上のお鈴廊下の扉が開かれた。

「うむ」

十代将軍家治は、太刀を女坊主に持たせて、廊下を渡り始めた。

「お戻りにございまする」

お鈴廊下担当のお小納戸奥之番が、大声で受けた。

「どうやら、本日も無事に上様はお帰り遊ばされたようであるな」

上臈飛鳥井が、ほっと息をついた。上臈は大奥最高の地位にあり、すべての責任を負っていた。

「お疲れにございましょう」

飛鳥井の腹心大島がねぎらった。

「もう歳かの。疲れが抜けてくれぬ。そろそろ代わりの者を求める時期なのかも知れぬな」

「な、なにを仰せられまする。飛鳥井さまなくば、大奥は一日たりとても立ちゆきませぬ」

隠居したいと言い出した飛鳥井を、大島が止めた。

「なにより越中守と渡り合えるお方は、飛鳥井さまのみ」

大島が続けた。

「あやつが大奥をあきらめるまで、退くことはできぬか」

大きく嘆息しながら、飛鳥井が大島を見た。

「あれからはどうじゃ」

表情を引き締めて飛鳥井が問うた。

「中﨟佐久間どのの行列に無頼どもを当てて以来、表だって動きはございませせぬ」

大島が首を振った。

「このままですむとは思えぬ。十分用意をいたせ」

「はい。手は打ってございまする」

飛鳥井の言葉に、大島が胸を張った。

表使いとは、大奥の出入りすべてを仕切るだけでなく、ご錠口を通じておこなわれる買いものをつかさどった。また、表の役人である留守居、御広敷用人らとの折衝も担当した。大奥の金を巡って勘定方と交渉することもある。賢い女でなければ務まらない。

「任せたぞ」

「はっ」

一礼して、飛鳥井のもとを離れた大島はその足でご錠口へと向かった。

「御厨はおるか」

「これに」

ご錠口の御広敷側、伊賀者詰め所にて、御厨一兵が返答した。

「昨夜はどうであったか」

「なにごとも異状ございませぬ」

平伏したまま、御厨一兵は答えた。

「油断いたすなよ」

「承知いたしておりまする」

一度も顔を見ることなく、一兵と大島の朝の儀式は終わった。

「表使いさまのご機嫌はどうであった」

詰め所から出てきた一兵に、同僚柘植源五が声をかけた。

「ご機嫌斜めよ。毎度毎度励め励めと仰せられるわ。なかなかのご容貌(ようぼう)をなされておるに、鬼のような渋い顔で言われる。たまには笑ってくださってもよいと思うのだが」

苦い顔で一兵は言った。

「だいたい、励めと言われたところで、いつどんな手で来るかもわからぬのだぞ。たった一人でどうせいというのだ」

一兵は不満を口にした。

「一両二分もらっているのだろう。米になおして一石五斗、年にすれば十八石。本禄である三十俵三人扶持はおよそ年十二石。じつにその一倍と半ももらっているのだ。二人分仕事して当然であろう」

特別に大島から月一両二分の手当が出る一兵は、同僚たちからねたまれていた。

また大島付きとなった一兵は、御広敷伊賀者の当番から外されていた。朝と夕方、決められた刻限に、詰め所で大島へ報告する以外、自ままに動くことが一兵には許されていた。

「一回りしてくる」

気まずくなった一兵は見回りに出た。

銅板で補強した塀によって大奥と外界は仕切られていた。外から大奥をうかがうことができないよう、塀はかなり高く作られていた。

懐からだした手鏡を高く上にあげて、一兵はゆっくりと塀の銅板を見て回った。

「侵入された痕はないな」

銅板には、油が塗られていた。刷毛目が立つほどていねいに塗られた油は、指で触れただけで痕が残る。

「このままなにもなければありがたいのだが……」

敵の実力を知った一兵は小さく身を震わせた。

大奥は設立以来伊賀者が警固してきた。いわば、伊賀者の庭である。地の利はこちらにあるとはいえ、守りだけでは勝てないのが戦いであった。

「守りきればすむとはいえ……期限がないのはきついな」

一年とか、あるいは二度防げばいいとか、枠があれば緊張を保てるが、いつ終わるかわからない状態でずっと集中を保つのは簡単ではなかった。

「一両二分は安い」

小さく一兵は、嘆息した。

五

松平越中守定信は、八代将軍吉宗の孫で、御三卿初代田安宗武の七男であった。

幼名を賢丸とつけられた定信は、その名のとおり、聡明に育った。

田安宗武は、七男八女に恵まれた子だくさんであったが、長男小次郎が九歳、次男銕之助は六歳で死ぬなど、ほとんど成人することはなかった。

結局男子で無事に育ったのは、五男で田安家を継いだ治察、伊予松山藩主となった六男定国、そして七男定信の三人だけであった。

しかし、田安を継いだ治察は身体が弱く、家督を継いで三年目の安永三年（一七七四）、死の床についた。

妻をめとることもできなかった治察に子供はなかった。嫡子なきは断絶となるのが、徳川の祖法である。幸い、田安館には、白河松平と養子縁組をすませたばかりの定信が在していた。白河の屋敷へ入ってしまえば、定信は松平の者となるが、館にいる間は、まだ田安に籍があった。

田安家は、あらゆる手を使って定信と白河の養子を解かせ、治察の跡継ぎにしようとした。

そのなかで田安家がもっとも期待をかけたのが、宗武の正室であった近衛森姫であった。宗武の死後落髪し、宝蓮院と名乗っていた森姫は、顔見知りである大奥筆頭上臈高岳を通じて、将軍家治への取りなしを頼んだ。

表だって幕府にも定信の養子解消を願ったが、望み薄だと田安家は考えていた。幕閣を牛耳っている田沼意次と田安家はうまくいっていなかったからだ。幕府の財政の破綻を予測した田沼意次は、御三卿の費用を減らそうとした。御三卿は御三家のような独立した大名ではなく、将軍家お身内として幕府がそのかかり一切を補っていた。当然御三卿の家族が増えれば、つける家臣の数も多くしなければならず、費用は膨らむ。そこで、意次は金のかかる元服した男子をさっさと他家へ押しつけようと画策、田安家の六男、七男を養子に出した。

そんな経緯もあり、幕閣を頼れない田安家にとって、直接家治へ話を通せる大奥は、まさに命の綱であった。

しかし、大奥は動かなかった。そして跡継ぎを決めることなく、治察は死に、田安家は主のいない空き館となった。

定信にとって大奥は、仇敵であった。

「和多田、おるか」

激情を抑えて、定信が天井を見上げた。

「これに」

天井裏からお庭番和多田要が降りてきた。

「なんとしても大奥から力を奪わねばならぬ」

「…………」

「女が政に口出しするなど論外。なにより大奥は金を食いすぎる」

定信が述べた。

「大奥には何人の女がおる」

「女中どもが私用で使っておりまするお末もおりますゆえ、正確な数は誰も把握いたしておりませぬ」

問いにお庭番和多田要が返した。

「ざっとでいい」

「およそ九百人というところでございましょう」

「増えておるな。吉宗さまが、将軍ご就任のおり、大奥から数百に及ぶ女を追放され、一時は七百人ほどまで減らしたというに」

和多田の答えに、定信が苦い顔をした。

「女一人養うのに、どれだけの費えがかかると思っておるのだ。給金の他に、住居の用意や修繕、はては厠で使う落とし紙まで、一人一人は微々たるものでも九百人ともなれば、馬鹿にならぬ」

定信が首を振った。

「大奥がこれほど大きな顔をしだしたのは田沼と結託したからじゃ。筆頭上臈高岳など田沼の飼い犬ではないか」

唇を定信が噛んだ。

いつの世も後宮の女を敵に回して成功した執政はいない。女を手にすることは、天下を取るにひとしい。田沼意次はそれをよく知っていた。

「大奥の権威を落とすには、筆頭上臈の高岳の力を削ぐに限る。和多田、手配をいたせ」

「……………」

命じられてしばらく考えていた和多田が顔をあげた。

「おそれいりまするが、越中守さまには、二百両をご用立て願いたく」

「二百両でいいのか。千両でも、いや大奥を支配できるなら一万両でも安いものだ」

和多田の申し出に定信が応じた。

「高岳さまの金をいただきまする。聞けば高岳さまには、百八十両もする夏の打ち掛けを白木屋へご注文なされたとのこと。その支払いができねば、筆頭上臈としての名前に傷がつきまする。おそらく必死で金策されるはず」

「そこに、余が話を持ちかける。飛びついてくるな。高岳に恩を売るか」

満足そうに定信が笑った。

「大奥を意のままにできれば、老中となることなど容易い。臣下に降りた身として、大樹の座につくことはかなわぬ。ならば、政だけでも吾が手に摑みたいと望むぞ、和多田」

定信へ従うと頭をさげて、和多田が、天井へと消えた。

大奥筆頭上臈の権は強い。田沼意次からもご老女として敬われている高岳は、幕政に対してもときどき口を挟んでいた。

「ご老女さま」

高岳のもとへ、お付きの女中たちを束ねる局と呼ばれる奥女中が顔色を変えてやって来た。

「騒々しい。なにごとぞ」

自室でくつろいでいた高岳が叱った。

「申しわけございませぬ」

局が詫びた。

「申せ」

老女と言われているが、高岳はまだ三十をこえたばかりである。若々しい声で高岳が、うながした。

「お金庫のなかから、金が消えておりまする」

「なんじゃと」

聞いた高岳が、腰を浮かせた。裾を引きずりながら、顔色を変えた高岳が次の間へと急いだ。

大奥の女中たちは、幕府から支給される禄米や金で生活していた。毎日の米、薪、副菜はもとより、衣服や私用で使う端女の給金なども、ここから支払った。専用の部屋である局を与えられるほどの格式高い上臈たちは、居室に隣り合った控えの間へ鍵のついた金庫を用意し、そこへ金を保管していた。

「どれだけ盗られた」

「すべて、すべてでございまする」

局が告げた。

空になった金庫を前にして、高岳が力なく座った。

「三百両からあったのだぞ」

呆然とした顔で高岳がつぶやいた。

「すぐに表へ報せ、盗人の詮議をいたさせましょう」

「待て。表へ報せることはまかりならぬ」

あわてて出て行こうとする局を高岳が止めた。

「恥をさらすだけぞ」

「気づかぬことを申しました。お許しくださいませ」

局が謝った。

「……近々に必要な金はいかほどぞ」

「月末に夏のお衣装代が百八十両ほど参りまする」

小さな声で局が述べた。

上臈は、御台所がいない今、大奥の顔である。まして、大奥には高岳以外にも飛鳥井、滝川、花園らの上臈がおり、なにかにつけて競い合っていた。

筆頭と胸を張っているだけに、身形など些細なことでなめられるわけにはいかない。幕府から支給される合力金をはるかにこえる金額を使ってでも着物を仕立てるのは、高岳の矜持を守るためであった。

「あと十日もないではないか」

聞いた高岳が驚愕した。

「支払いの日延べを白木屋へ申しつけましょうや」

「たわけたことを口にするでない。それこそ、高岳には着物の代金を払うだけの金もないと世間に報せるではないか。そのような噂が立てば、わらわはどのような顔で上様をお迎えすればよいのじゃ。少しは考えよ」

「……申しわけございませぬ」

二度も叱られた局が、萎縮した。

「それより、金策じゃ」

高岳が頭を抱えた。

大奥最高の地位筆頭上臈である高岳は、百石十五人扶持合力金百両をもらっていた。そこから己の身のまわりの雑用をこなす者を雇う。上臈ともなると、取締役でもある局一人、髷を結ったり、着替えを手伝ったりする相の間六人、小間使いの小僧二人、炊事掃除などを行う多門四人、大奥の外で雑用をこなす下男三人の大人数になった。とても右から左へ数百両を動かすだけの余裕はなかった。

「お身元さまへお頼りになられては」

局が提案した。お身元とは奥女中の江戸における保証人であった。京の下級公家出身である高岳は、遠縁にあたる三千石の旗本林藤五郎を身元としていた。林藤五郎は持ち筒頭から浦賀奉行に移り、任地へ移住していた。

「林は浦賀ぞ」

江戸屋敷に留守家族はいたが、三千石とはいえ、三百両は大金であった。当主の許可なく出せる金額ではない。

「いかがいたしましょうや」

「主殿頭へすがるしかない」

やむをえないと高岳が瞑目した。

「ご老女さま」

相の間の一人が、おそるおそる声をかけた。

「なんじゃ」

怒気を含んだ声で高岳が振り向いた。

「ひっ」

年若い相の間が涙を浮かべた。

「泣くな。用件はどうした」

いっそう高岳がいらついた。

「ま、松平越中守さまより、ご面談をと」

「越中守がか」

聞いた高岳が首をかしげた。

高岳と定信は仇敵である。

「このようなときに、何用ぞ」

頬をゆがめて、高岳が吐き捨てた。

「お断り申しましょうや」

局が問うた。

御三卿の出とはいえ、今は一譜代(ふだい)大名でしかない。大奥総取締役とも称される筆頭上臈より格下である。面談を断られても、定信は文句を言えなかった。

「そうじゃの。こんなときに、小賢しい面を見る気にはならぬ」

高岳が首を振った。

「では、そのように」

相の間が立ちあがった。

「……待て」

出て行こうとする相の間を高岳が止めた。

「先日越中守は、飛鳥井と会っていたと聞いたが……」

「はい」

問いかけられた局が首肯した。

「なにやら合力せよと言われたとか……」

「わらわではなく飛鳥井を取りこもうとしたか」

「飛鳥井さまはお断りになられたそうでございまする」

局が答えた。

「ものが見えぬほどの馬鹿ではないからの、飛鳥井は。ふうむ」

目を閉じて高岳が思案しだした。さすがに女の砦大奥一の権力者である。さきほどまでの焦りは、消えていた。

「いかがいたしましょう」

相の間が戸惑っていた。

「飛鳥井に断られてからわらわか。越中めなにかを企んでおるな。会おう。肚の底を見るのもよいの。御広敷で待つようにと申せ」

高岳が決意した。

公式の対面はご錠口を入ってすぐのお広座敷でおこなわれた。表役人は、見張り役である御広敷添番を連れて大奥へ入り、身分によって御広敷上の間、あるいは次の間へと振り分けられた。

吉宗の孫である定信は、上の間で高岳を待った。

「いつまで待たせる」

すでに一刻（約二時間）近く経っていた。

「余の器量をはかるつもりか」

座を蹴って立つことは容易だった。だが、それは女に待たされただけで辛抱できなかったという悪評を生んだ。

「お茶の替えを」

何度も奥女中が出入りしては、定信に供された茶を取り替えていた。何杯目になるかを数えるのも馬鹿らしいと、定信は鷹揚（おうよう）にうなずいた。

「お待たせいたしましたかの」

ようやく高岳が、顔を出した。

「いやいや、女（おなご）の身支度はときを要するもの。お気になさるな」

互いに最初は相手の出方をうかがった。

「先日は飛鳥井と会われたとか」

口火を切ったのは高岳であった。

「お耳に届きましたか。少し、お願いしたいことがございまして」

「お願いを。飛鳥井に」

いかにも驚いたと言わぬばかりに、高岳が目を大きくした。

「上臈とは申せ、飛鳥井は順位でいえば三位でございまする。なにかをなすだけの力はもっておりませぬぞ」

小さく高岳が嘲笑した。

「さようでござった。いや、大奥筆頭上臈の高岳どのへ、頼むほどでもないと考えたのであったが、まちがいでござった」

定信も同調した。

「では、御用のほどはそのことでございましょうや」

高岳が問うた。

「いや、そちらはあらためてといたしましょう。本日は、お尋ねをいたしに参っただけで」

首を振りながら定信が告げた。

「わらわへ……はて、なんでござろう」

わからぬと高岳が首をかしげた。

「吾が手の者によれば、大奥へ侵入した鼠賊がおるとか」

「鼠賊と言われたか」

高岳が驚愕した。

「いかにも。昨日の夜半、大奥より忍び出る者の姿を見たと」

「それが鼠賊だとなぜわかった」

疑問を高岳が呈した。

「吾が手の者が、後を追ったのでござる」

「捕まえられたのか」

高岳が身を乗り出した。

「いえ、あいにく逃がしてしまったのではございまするが……」

「逃がした……」

大きく高岳が肩を落とした。

「ただ、逃げるには重すぎたのか、懐から金を落として……」

「金を」

話を続けようとした定信を高岳が遮った。

「二百両」

定信が懐から切(き)り餅(もち)を八個出した。

「おおっ」

金を見た高岳が声をあげた。

「盗まれた御仁(ごじん)を高岳どのはご存じであろう。大奥総取り締まりとも言われる筆頭上臈でござるゆえ」

「……………」

高岳が沈黙した。

「まさかご存じないと……」

　驚きを定信が見せた。

「昨夜の今朝でございまする。まだ、わたくしのもとへ、報告が参っておらぬだけでございまする。すぐにでも調べ、返してやりましょうほどに。金はお預かり……」

　あわてて高岳が取り繕った。

「それはなりませぬな」

　ふたたび定信が金を懐へしまった。

「なぜじゃ。わらわが信じられぬとでも」

「いえ。被害があったかどうかもわからぬ状態ではお渡しできませぬ。子供の使いではありませぬでな。どのお方が、どれだけの被害を受けられたのか、お教え願えぬと、これだけの金子、ご随意にとはいきますまい。それに、この金が大奥で盗まれたものと決まったわけではございませぬ」

　頭に血が上った高岳とは正反対に、定信は落ち着いていた。

「三日、差しあげましょう。その間にお調べを。四日目にお話がなければ、この金は大奥ではなく他所で盗られたものとして目付に渡しますゆえ。では」

「あっ……」

腰を浮かした高岳を気にとめず、定信はお広座敷上の間を出て行った。

「……越中守め。好き放題申しおって」

一人残った高岳が呪詛の言葉を出した。しかし、定信の意見は正論であった。だけに高岳は反せなかった。

「盗人を許すなど、伊賀者はなにをいたしておるのだ」

怒りをこもらせたまま、高岳はご錠口をこえ、伊賀者詰め所へ向かった。

「御広敷伊賀者組頭の百地玄斎にございまする」

大奥一の実力者高岳の不意の来訪に、百地玄斎があわてた。

「伊賀者は飾りか」

「なんのことでございましょう」

いきなり怒鳴りつけられた百地玄斎が、首をかしげた。

「盗人を大奥へ入れさせるなど……」

高岳が語った。

「そのようなことを越中守さまが。急でお答えのいたしようもございませぬ。恐れいりまするが、一日、ときをちょうだいできませぬか」

ひたすら百地玄斎が願った。

「一日じゃな」

「かならず、明日の夕刻までに、ご返事をさせていただきまする」

百地玄斎が願った。高岳ににらまれれば、伊賀者などちりやほこりのように吹き飛ばされてしまう。となれば責任者である百地玄斎は切腹になりかねなかった。

「わかった。盗賊がいたならば、捕らえ、金を取り戻せ。それができねば、どうなるか」

高岳が百地玄斎をにらみつけた。

「はっ」

百地玄斎は平伏した。

「越中守か」

ようやく大奥へ帰った高岳を見送ったあと、百地玄斎は独りごちた。松平定信と面会直後の苦情である。すぐに百地玄斎は裏に気づいた。

「大奥に恨みがあるのはわかるが、別のところでやってくれぬか」

小さく百地玄斎は嘆息した。

「御厨を呼べ」

百地玄斎が命じた。

呼び出されたとき、一兵は大奥の周囲を見回るという日課の最中であった。

「お頭、なにか」

一兵は呼び出された理由に思い当たることがなかった。

「大奥筆頭上臈の高岳さまより、このようなお話があった」

経緯を百地玄斎が語った。

「大奥へ盗人が……」

聞いた一兵は驚いた。欠かさず点検しているのだ、そんな痕跡はどこにもなかった。

「阿呆（あほう）。裏を考えろ。なぜ盗人の金を越中守さまが持っているのだ」

「どういうことで」

わからないと一兵は尋ねた。

「……遣われるだけの者とは、情けないが、このようなものか」

大きく息をついた百地玄斎が話した。

「大奥の塀に痕跡を残さず忍びこめる奴が、越中守さまの手の者に見つかる。だけではない、追われて懐の金を落とす。ありえるか」

「……あっ」

ようやく一兵は気づいた。

「これは越中守さまの……」

「そうじゃ。おそらく金を盗まれたのは高岳さまであろう。越中守さまにとって、なにより腹立たしいお方だからな。またそうでなくば、高岳さまがわざわざここまで来ることはあるまい。伊賀者に命じたいならば、配下のお女中に伝えさせるだけですむ」

百地玄斎が苦笑した。

「で、どのように探られまするので」

「なにを申しておる。大奥内部にかかわることは、そなたの任であろう。そのために金をもらっている。違うか」

淡々と百地玄斎が言った。

「えっ」

あまりの責任逃れに一兵は唖然とした。

「しっかりやってのけろ。儂が組を辞めさせられたとなれば、おぬしの一族は伊賀から外されるぞ。日限は明日の夕刻。一人では厳しかろうゆえ、手助けを求めてもよい。急げ」

百地玄斎が詰め所を後にした。

伊賀者は戦国以前から強固なつながりを誇った。なにかあれば互いを助け合って生きてきた。婚姻も伊賀者以外とかわすことはない。いわば大きな村であった。一族から外されるというのは、村八分以上に厳しい罰であった。当然伊賀者同心の籍は失い、組屋敷から追放される。衣食住のすべてを一瞬にして失い、それこそ親子兄妹が路頭に迷うことになった。

「どうしろと……」

残された一兵は、戸惑うしかなかった。

しかし、立ち止まっている暇はなかった。猶予は一昼夜しかないのだ。一兵は詰め所を出ると柘植源五を探した。

「手伝ってくれ」

「お頭から聞いた。なんでも言え」

柘植源五が首肯した。

「大奥の塀の銅屋根に触れずして、跳びこえることはできるか」

「できような。もっとも伊賀組でも、できる者はそうはおるまいが」

一兵の問いに柘植源五が答えた。

「ならば、懐に三百両入れてはどうだ」

「三百両など持ったこともないから、わからぬが……相当重いのだろう」

柘植源五が首をかしげた。

「一両小判でさえ、まず見ることはないからな」

貧しい伊賀者にとって三百両は想像が付かなかった。

「ちと聞いてみよう」

二人は大奥の出入り口である七つ口で控えている出入り商人へ問いかけた。

「小判一枚の重さでございまするか。元文小判は三匁五分（約十三・一グラム）で」

すぐに商人が教えてくれた。

「三百枚で、およそ千五十匁（約三・九キログラム）か」

「その重さを懐あるいは、背負って跳べるか」

計算した柘植源五へ、一兵は問うた。

「難しい」

柘植源五が腕を組んだ。

「屋根に手をつかずに跳ぶならば、太刀を地に刺し、それを足場とするしかないが……」

「消せぬ跡が残るな」

太刀は下緒を使って回収したとしても、塀の向こう側へこえてしまってからでは、突き刺した跡をどうこうすることはできない。

「まず、跡を探そう」

金が盗まれた前日より雨は降っていない。跡は消えていないはずであった。

「ないな」

分担して確認してまわった一兵と柘植源五が顔を見合わせた。

「内側へ手がかりを作ったか」

「詳細がわからぬのではどうしようもない」

疲れた顔で二人は嘆息した。

「やむを得ぬな」

「どうする気だ」

表情を変えた一兵に柘植源五が問うた。

「大奥へ忍ぶ」

一兵は決意を口にした。

大奥とはいえ江戸城の一部である。基本の構造は表御殿とそう変わりはなかった。

一兵は、伊賀者詰め所の天井裏から、大奥へと侵入した。

御広敷に保管されている局配置図から、一兵は迷うことなく大島の居室を目指した。

「忍返しがここにも」

将軍がもっとも無防備になる場所である。いたるところに忍返しの鉄桟が入れられていた。

「誰もおらぬな」

下をうかがい、人気がなければ一度降りてから、忍返しの位置をこえ、ふたたび天井裏へと戻る。

「破るしかないか」

真下に人がいれば、やむなく一兵は鉄桟を止めている漆喰を忍道具の鋸、苦無で削り、隙間を作っては前に進んだ。

「いた」

一刻（約二時間）以上費やして、ようやく一兵は大島の執務している表使い部屋へたどり着いた。

表使いは重要な役職である。周りには右筆やご錠口介など配下の奥女中が控えていた。

「ご上臈方がお仕立てになる秋の小袖、その生地を用意いたせと播磨屋へ手紙を遣わせ」

「はい」

大島の言葉に右筆が首肯した。

「本日の七つ口出入り締め帳を記せ」

「承知いたしましてございまする」

ご錠口介が、七つ口へと足早に向かっていった。

「……大島さま」

周囲の注意がそれた一瞬、一兵は忍道具を使って呼びかけた。一尺（約三十センチメートル）ほどの竹筒、その両端に針で突いたような穴を開けただけのものだが、忍独特の発語を用いることで、望んだ相手にだけ声を届かせることができた。

「…………」

すっと大島が天井を見あげた。

小さく天井板を開いて、一兵が顔を見せた。

「一同、しばし、遠慮いたせ」

大島が人払いを命じた。

「はい」

女だけの大奥では、表役人よりも順列に厳しいのか、女中たちは何一つ訊くことなく、しずしずと部屋を出て行った。

「なにをしておる。ここは男子禁制ぞ」

小声ながら厳しく大島が咎めた。

「火急の事態にございますれば、お叱りは後日」

忍道具を通じて一兵は詫びた。

「なにごとぞ」

「どうぞ、お答えはなしに。外へ聞こえぬともかぎりませぬ。わたくしの声は、術をもっておりますれば、余人に届きませせぬ」

一兵は大島を黙らせた。

「…………」

「このようなことが……」

沈黙した大島へ、一兵は語った。

「申しわけないとは存じまするが、高岳さまの奪われた金子の総額と、正確な日時をお調べ願えませせぬか」

一兵は大島へ依頼した。

「越中守め。今度はそのように汚い手を。鼠賊のまねをいたすなど、将軍家の血筋にあるまじき行為」

大島が歯がみをした。

「承知した。いつもの刻限、詰め所で待っておれ」

はっきりと大島がうなずいた。

待つというのは辛い。なにもできず流れていくだけのときに一兵は焦っていた。

「落ち着け」

柘植源五が、詰め所で立ったり座ったりを繰り返している一兵をなだめた。

「しかし……」

「伊賀者の信条を思い出せ。乱世に一人敵地に忍び、ただひたすら耐えた。それが忍のなかの忍たる伊賀者であろう」

「……ああ」

諫められて一兵は座った。

伊賀者詰め所は板敷きである。同心である伊賀者に畳はおろか敷物さえ許されない。

冷えた床板の感触が一兵を落ち着かせた。

「大島さま、お渡り」

ご錠口が開いた。

「ではの」

すっと柘植源五が詰め所を出て行った。

「無理を申しました」

入ってきた大島に一兵は頭を下げた。

「無茶をいたすな。万一、そなたがわたくしのもとを訪れたと知られれば、どうなると思うのだ。わたくしは追放、そなたは切腹改易ぞ」

「……はっ」

あらためて言われて一兵は背筋を寒くした。

「まあいい。越中守の手を払いのけられなければ、わたくしは大奥におられぬ」

小さく大島が嘆息した。

「で、いかがでございましょう」

一兵は結果を聞かせて欲しいと言った。

「うむ。奪われた金子は三百両。正確には三百と四両二分二朱。日時は、三日前の夜半から明け方までの間じゃ」

大島が告げた。

「ずいぶん細かいところまで……」

「人を入れておるからの」

あっさりと大島がばらした。

「飛鳥井さまの手の者が、高岳さまのもとに」

「そうじゃ。もっとも、あちらの息がかかった者が、こちらにもおるだろうがの」

大奥の複雑な事情を一兵は大島から知らされた。

「これでよいのか」

「かたじけなく存じまする」

一兵は感謝の意をこめて頭を下げた。

「見事防げよ」

「身命を賭して」

平伏しながら一兵は大島を見送った。

「千匁以上か。重いな」

一兵はつぶやいた。三百両は持ち歩くだけでも、かなり辛い。まして塀を跳びこえるなどできようはずもなかった。

「越中守さまの嫌がらせならば、金は大奥に隠されているはず。外に持ち出せば盗んだと同じ。それがばれでもしたら、いかに越中守さまといえども無事ではすまぬ。越中守さま嫌いの高岳さまと田沼主殿頭さまが、これ幸いと反撃に出られよう」

腕を組んで一兵は目を閉じた。

「大奥へ入ったのはおそらく先日の忍。伊賀の結界をなんなく抜けたところからして、かなりの遣い手であることはわかる」

言いながら一兵は伊賀の結界に穴が開いていることを理解していた。いくらがんばったところで、禄が増えることはない。なにより、この太平の世に将軍を殺そうと考える気概をもった大名などいなかった。江戸城にある限り、将軍は安泰なのだ。大奥の警固を担う伊賀者の緊張が緩んで当然であった。

「しかし、いくらなんでも金を懐に入れて重くなった動きを見逃すほど落ちてはいない」

一兵は結論を急いだ。

「金は大奥のなかにある」

あまりにときがなかった。

「天井裏や床下、押し入れのなかということはあるまい。掃除は毎日おこなわれている。あれほどの忍が、見つかりそうなところに、金を隠すとは思えない。となれば、誰も決して触れぬところ」

大奥の構造を一兵は思い出した。

「お仏間の仏壇も毎日お清の中臈が清掃している」

神君と呼ばれる家康を始めとする代々の将軍を祀った仏間は、ぎゃくにもっとも人の目が鋭い場所であった。

「将軍お休息の間であるお小座敷も同じ」

江戸城大奥の主はあくまでも女であり、将軍は客扱いであった。大奥に将軍の居室はなく、側室を抱くときも、食事をするときもお小座敷を使った。当然、毎日の点検は、それこそ畳の目まで数えるほど厳しい。

「残るは一カ所」

ふたたび一兵は大奥へと忍んだ。

大島のいた表使いの部屋をすぎて、奥へと一兵は進んだ。

一兵が降りたのは、御台所御殿向であった。

十代将軍家治の御台所であった閑院宮直仁親王（かんいんのみやなおひとしんのう）の娘五十宮（いそのみや）は、過ぐる明和八年（一七七一）八月二十日に亡くなっていた。主である御台所はいなくなっても、将軍が後室を娶（めと）るか、代替わりしないかぎり、御殿向はそのまま残されるのが慣例であった。もちろん、毎日の清掃は欠かさずおこなわれるが、なかにあるものを動かすことなどは禁じられていた。

御台所の御殿向は十六室からなっていた。

「あるとすれば……」

一兵はお化粧の間へ入った。

すでに日は暮れていた。一兵は懐から小さなろうそくを取り出すと火を付けた。外に灯（あか）りが漏れないよう片手で覆いながら、静かにお化粧の間の押し入れを開けた。

押し入れのなかに金庫が据（す）え付けられていた。

「鍵は……はずされているか」

金庫の鍵は一瞥（いちべつ）しただけではわからないよう細工（さいく）されていたが、壊されていた。

「ここであってくれよ」

明日の昼という刻限を考えれば、あてどもなく他を探す余裕はない。

「よし」

なかには布に包まれて金が置かれていた。

一兵は、金に手を触れずに一夜、金庫の番をして過ごした。

「大島さまのお渡り」

朝四つ（午前十時ごろ）、大島が伊賀者詰め所へと現れた。

「いかがであった」

勇んで大島が尋ねた。

「御台所さま、お化粧の間の金庫をおあらためくださいますよう」

「そこに金があるのか」

「はい。今朝までは確かに」

しっかりと一兵は首肯した。

「また大奥へ入ったのか。しかし、この度はいたしかたない」

一瞬大島が眉をひそめた。

「でかしたぞ。これで高岳さまに貸しが作れる」

一転して、大島が喜びの声をあげた。

「おって沙汰(さた)をいたす。ご苦労であった」

大島が小走りに、大奥へと戻っていった。

高岳と二度目の対面は松平越中守定信の神経を逆なでした。

「いかがでござった。被害に遭われたお女中は見つかりましたかの」

勝ち誇った顔で定信が口を開いた。

「越中守どの。なにかのまちがいでござろう。大奥には、盗人に金を盗られるような、まぬけな者はおりませぬぞ」

鼻先で笑うように高岳が述べた。

「なんでござると」

定信が目をむいた。

「どこで手に入れたかは存ぜぬが、その金は大奥とはまったくかかわりはござらぬ。さきほど、越中守どのが城中で金を拾われたと、わらわより目付まで届けておきましたゆえ、早々にお届けなさるがよろしかろう」

「……ううむ」

話が行った以上、定信は金を目付に渡さざるをえなくなった。

「ご親切でお報せいただいたことには、感謝しておきまする。なれど、大奥のことに御広敷でもござらぬ越中守さまが口出されるは、余計なこと。今後はお慎みなされるが御身のためでございますぞ」

さげすむような目で定信を見た高岳が、面談を打ちきった。

屋敷へ帰った松平越中守定信は、苦りきった顔で和多田要を見下ろしていた。

「顎（あご）であしらわれたわ。そのうえ二百両は目付まで提出させられた」

拳を握りしめながら定信が述べた。

「申しわけございませぬ。策が破られたようでございまする」

深く和多田が詫びた。

「これで高岳は、いっそう余のことを嫌った。大失策じゃ」

定信が怒鳴りつけた。

「………」

和多田は無言で額を畳に押しつけた。

「どうすればよいか、言わずともわかっておろうな」

冷たい声で定信が言った。

「はっ」

ただ和多田は平伏するしかなかった。

松平定信が高岳からあしらわれて帰った翌日、一兵は大島から報奨をもらった。

「飛鳥井さまから、ご褒美じゃ」

大島は一両小判を三枚一兵へ与えた。

「これからもはげめ。今日はもう帰ってよい」

「かたじけのうございまする」

満足げな大島と別れて、一兵は四谷の組屋敷へと足を進めた。

「三両あれば、家族皆でうまいものが喰えるな」

心弾ませていた一兵は、不意に背中へ冷水をかけられたような殺気を感じた。見栄も恥もなく大きく前へ一兵は跳んだ。

振り返った一兵の前に、一人の武士が立っていた。

「なにか」

身分の低い哀しさ、一兵はていねいな口調で誰何した。

「おぼえておれ。次こそ」

しばらく一兵を見ていた武士が、恨みを吐いて背を向けた。

「あの忍だ」

一兵は武士の正体に思いあたった。

「忍が顔をさらしたということは……」

闇に棲む忍は姿をあきらかにしない。

それが顔を見せた。

「必ず殺すとの意志」

べっとりと一兵は背中に汗をかいていた。

第二章　闇のかけひき

一

すさまじい殺気を受けた御厨一兵は、組屋敷へ戻ってからも生きた気持ちがしなかった。

「勝負にならぬ」

大島からもらった三両の喜びは、一瞬で飛んだ。

伊賀者として生まれた男子は、六歳から忍としての鍛錬を始める。尋常ならぬ力を発揮する忍の修行はきびしく、大怪我をして脱落していく者もあった。それを一兵は無事に終えた。伊賀者としてふさわしいだけの技は身につけたはずであった。

「肚が違う」

もはや戦国ではないのだ。伊賀者が人を倒したのは、過去の物語である。泰平の世で、人を殺すのは罪悪でしかない。今、御広敷伊賀者で、実際に人を斬ったことのある者は、どれほどいるか。一兵はもちろん、経験していなかった。

「今一度やりなおすしかない。付け焼き刃でもせぬよりましだ」

半刻（約一時間）ほど苦悶した一兵は、決意を新たに与えられた長屋を出た。

一兵は、組屋敷の最奥にある組頭百地玄斎の長屋を訪ねた。

「組頭」

「なんだ」

「今より鍛錬場を使わせていただきたく」

「鍛錬場をか……よかろう」

百地玄斎が、許可した。

伊賀者の組屋敷は、他者を拒んでいた。これも組外の者と縁を結ばない慣習と同根である。代々伝えられてきた体術、幻術などを知られないためのものであった。徒組や大番組など他の組屋敷ならばなかまで入って商売をする行商人たちも、伊賀組屋敷だけには足を踏み入れない。門の外で呼び声を張りあげ、客である伊賀者同心が出てくるのを待つ。

もちろん、伊賀の縁者でない者が無理矢理、組屋敷の門を潜(くぐ)ろうとすれば、ただちに取り押さえられるよう、陰番がついていた。

その組屋敷のほぼ中央に、鍛錬場はあった。表向きは周りの長屋と同じで見分けのつかないようになっているが、一歩入れば、なかはむき出しの土間と柱だけになっていた。

「ごめん。御厨でござる」

「一兵か」

雨戸を閉め切っている薄暗い鍛錬場の奥から三十過ぎの伊賀者が姿を現した。

「珍しいな」

「ご無沙汰(ぶさた)をいたしております」

小腰をかがめて一兵は頭を下げた。

出てきたのは現役を退いたばかりの、伊賀者同心山家彦兵衛(やまがひこひょうえ)であった。

働き盛りといえる年齢ながら伊賀者が隠居するのは、後進へ技を伝えるためでもあった。

「鈍(なま)ったか」

山家が小さく笑った。

「一手お願いいたしたく」

問いかけには答えず、一兵は頼んだ。

「どのような」

「数枚上手の忍と一対一で」

「ふむ」

ちょっと山家が考えた。

「少し待て。もう一人呼んでこよう。用意をしておけ」

山家が鍛錬場の暗がりへと消えた。

待っている間に一兵は、刃引きの忍刀（しのびがたな）、先を潰（つぶ）した手裏剣（しゅりけん）などを身につけ、準備をととのえた。

「よいぞ」

どこからともなく聞こえた山家の合図に、無言で一歩進んだ一兵は、屈（かが）みこんだ。

頭のあったところを手裏剣が過ぎた。

そのまま左へと転がった一兵は、右手に持った手裏剣を撃った。手裏剣は外れたのか、堅い音が返ってきた。

音の甲高（かんだか）さから一兵は手裏剣が鍛錬場の柱にあたったと感じた。

思案しながらも一兵は動いていた。入り口の日明かりを背中にしている不利を解消すべく、鍛錬場の奥へと走った。

一兵の移動を待っていたかのように、ふたたび手裏剣が飛んできた。

そのすべてを一兵は、跳び、屈み、身をひねってかわした。忍刀を抜いて、弾くのがもっとも簡単なのだが、金気同士をぶつけると火花を散らす。それは、闇に紛れようとしている一兵の姿を浮かび上がらせてしまう。

一瞬でも正確な位置を知られると、動く先を読み取られる。

すぐに手裏剣の飛来が止んだ。一兵は、平蜘蛛のように土間へ這いつくばった。

人というのは、動けば身体のなかで骨が鳴る。身体を柔らかくする鍛錬を積む忍といえども、完全に防ぐことはできない。手裏剣を撃つという単調な作業でも、肘や肩の関節が音をたてる。己の音だけに、耳へ直接響き、相手の気配を探るじゃまとなる。

敵の動きが止まったとき、それはこちらの気配を探っているのだ。

一兵も息を殺して、相手を探した。

かすかな気配が、左手の奥から感じられた。

「一つか」

口のなかで一兵は小さくつぶやいた。

一兵は目をこらした。すべての光がない闇ならば、なにも見ることはできない。しかし、少しでも光があれば、ものは明暗を生み出す。

ぼんやりとした影を一兵は見つけた。

左右の手に持っていた手裏剣を、一兵は投げた。そのまま駆け出す。

己が見えているというのは相手からも認識されていることである。一兵は修行時代に繰り返し叩(たた)きこまれた教えを思い出していた。

「敵より優位だと思うな。己の利は敵の思惑である」

一兵は当時の鍛錬場番の先達(せんだつ)から、重ねて言われていた。

「相手の息の根を止めても、三度心(しん)の臓(ぞう)を刺すまで勝利を信じるな」

先達の教訓は、用心に用心を重ね油断するなという意味である。

動いた一兵目がけて、影が襲いかかった。

「くっ」

喉(のど)で苦鳴(くめい)を殺して、一兵は忍刀で応戦した。

伊賀者の忍刀は、刀身へ黒漆(うるし)を塗り、光を反射しないよう細工されている。それでも刃がぶつかれば、火花が散る。

暗がりでの火花が、一兵と山家を刹那(せつな)だけ照らした。

「…………」

刀と刀で押し合う鍔迫り合いを、一兵は嫌った。一兵は、軽く右足をあげ、山家の左足を踏みつけに行った。

「ふっ」

小さく息を吐いて、山家が後ろへ退いた。

一兵は、追いすがった。

「…………」

退いたところへつけこんだ一兵の勢いに、山家が受けるだけとなった。

狭いところでも邪魔にならないよう、忍刀は短い。また、刀としてだけでなく、踏み台、あるいは鞘を水中での息つぎ筒などの道具としても用いるため、反りのない直刀になっている。

斬るよりも突く、あるいは、割るといった遣いかたをしなければならない。一兵は、山家の臑を掬うように払った。小さく跳んだ山家が、真っ向から忍刀を落とした。

下がれば、ようやく間合いに捕まえた山家を逃がす。一兵は、右足で斜め前へ踏みこみ、一撃を左肩すれすれでかわし、そのまま足を軸に身体を回して、忍刀を薙いだ。

しっかりと一刀は山家の忍刀に受け止められたが、勢いのまま一兵は、体当たりを喰らわした。

「……つっ」

初めて山家が、声を漏らした。

「えいっ」

有利になったと、思わず気合いを漏らして一兵が追いすがった。

「しゃっ」

山家の後ろから手裏剣が投げられた。

「……くう」

身体を投げ出して一兵は、かろうじて避けた。

「もう一人か」

一兵は土間に腹ばいになって、闇を透かして見た。

「あれか……」

柱の陰に黒いものが張り付いていた。

「いける」

一兵は、体勢を整えたばかりの山家を先に片付けようと、駆け寄りながら、忍刀を突き出した。

「それまでだ」

いつのまにか一兵の後頭部に手裏剣の先が当てられていた。

「三人目……」

一兵は愕然（がくぜん）とした。

「……参りました」

忍刀を手放して一兵は、負けを認めた。

「夢中になったな」

落ちた忍刀を拾い上げながら、山家が述べた。

「とどめを刺さねばと……」

「勝ったと思った瞬間が、最大の隙（すき）。そう習ったであろうに」

やっと後頭部から手裏剣が離れた。

「水竹氏（みずたけうじ）か」

最初の声で気づかなかったことに一兵は苦笑した。それだけ、余裕がなかった。

「うむ。数枚上手との一対一と聞いた。一枚違うだけで敵は一人増えたも同然。数枚ともなると三人を相手するにひとしい。目の前で切り結んでいるときでも、背後に気を遣わねばならぬ」

あちらこちらに散らばっている手裏剣を集めながら、水竹が諭した。

「はい」

すなおに一兵は首肯した。

「座れ」

うながす山家にしたがって、一兵は土間であぐらをかいた。

「まず、忍の言葉を鵜呑みにするな。一人呼んでくると言ったことで、そなたは敵が二人だと思いこみ、背中が留守になった」

山家が叱った。

「はい」

一兵は首肯するしかなかった。

「動きは悪くない」

「だの」

山家の言葉に水竹が同意した。柱の陰にいた奥野新座も無言で同意を示した。

「ただ、目が狭い」

目が狭いとは、一つのことにしか気が回らないとの意味である。

「本来忍は、敵中に一人潜み、あらゆることを探るのが任。一つのことだけに注目していては、得るものも少なく、周囲がおろそかになり、見つかりやすくなる」

水竹が語った。

「忍一人が、武者十人に匹敵する。それが、かつて戦国を支配した伊賀者の実力。もっとも今の刀が重いなどと抜かす武士では、百人でも敵ではないが」

苦笑しながら山家が言った。

「茶化すな、彦」

話の腰を折られた水竹が、文句を口にした。

「すまぬ」

「おぬしは、昔からそうじゃ」

詫びる山家へ、あきれた顔をした水竹が続けた。

「御厨、忍が十人の侍と同じ力を持つというわけではない。どれほどの名人といえども、一度に相手できるのは、四人まで。それを十人とまで言われたには、理由がある。忍の得意は攪乱、十人の敵に囲まれても、連携ができていなければ、少しも恐ろしくない。戦いを常に一対一へ持ちこめばいい。素早くその状況を作り出せる者こそ達人である」

「はい」

耳を傾けて一兵は聞いた。

「混乱を起こした敵は、味方以上の援軍である。連携を阻害するだけでなく、互いの足を引っ張ってくれるのだからな。武田信玄、上杉謙信、他にも名だたる武将が、伊賀者の手によって葬り去られたのは、警固の侍たちを利用したからだ」

水竹の話は、伊賀者の間で受け継がれている伝説である。織田信長の天下取りに伊賀者がかかわり、その死も忍の手によるものだと、一兵は子供のころから聞かされてきた。

「だが……」

一度水竹が、言葉を切った。

「忍は、一対一の戦いにおいて、絶対ではない。むしろ不得手と言うべきであろう。巻きこむ者がいないのだからな。己一人の力で闘わねばならぬ。相手の技が上回っていたならば、まず勝てぬ。そんなとき、忍はどうするか、知っておろう」

「なんとしてでも生還する」

問われて一兵は答えた。

「そうだ。そして、その敵のことを少しでも味方に伝える。技、癖の一つでも伝われば、次に誰かが、そいつと闘ったとき、勝てる状況を作れる。たとえ、腕を失おうが、足を斬られようが、生きて帰る。それが伊賀者の本道ぞ」

水竹が一兵を見つめた。

「侍とは違うのだろ。御厨の相手は」

山家が口をはさんだ。

「ああ、詳細は語るなよ。知ったことで、後々ややこしくなるのはごめんだ」

小さく笑いながら山家が、巻きこむなと首を振った。

「…………」

一兵は答えに困った。

「逃げることはかなわぬのか」

まじめな顔になって山家が問うた。

「任ゆえ、避けられませぬ」

見逃されることはないと一兵は理解していた。

大奥筆頭上臈(じょうろう)高岳へ仕掛けられた金の罠(わな)を一兵は、表使(おもてづか)い大島の命で食い破っていた。その直後、一兵は一人の忍と出会った。まちがいなく松平越中守定信の走狗(そうく)であろう忍の目には、罠を潰された憎しみが浮いていた。

忍の執念は蛇よりしつこい。相手の息の根を止めるまで、あきらめることはなかった。

「ならば、二対一、三対一に持ちこめばいい」

水竹が助言した。

「拙者一人で、味方が増えはいたしませぬ」

あっさりという水竹へ、一兵は首を振った。

「阿呆。人の数だけが援軍ではないわ」

水竹が叱った。

「地の利、ときの利を使わぬか」

「……地の利、ときの利」

「そうじゃ。地の利は、そなたがよく知っている場所で闘うか、罠を張ったところへ誘いこむなどで得られよう。ときの利は、相手が来るのを待つのではなく、こちらから襲うことで、気持ちのうえで上位にたてる。これらを使えば、一人でも、二人、三人分の力を発揮できる。すべてのものを道具とするのが忍ぞ」

「なるほど……」

一兵は、水竹の言葉に一縷の望みを見いだした。

「かたじけのうございました」

膝を整えて、一兵は頭を下げた。

二

やりようはいくらでもあると先達に慰められ、のしかかった重みが少し軽くなった一兵は、翌朝、江戸城へとあがった。

大奥表使い大島の配下とされた一兵に、伊賀者同心としての勤務はない。それは当番がない代わりに非番もなくなるという意味であった。

毎日朝夕二度、一兵は大奥と御広敷の連絡口でもあるご錠口とつながっている伊賀者詰め所で、大島と面会しなければならなかった。

「なにもないか」

ご錠口から一歩入ったところで、大島が問うた。

「本日のところは……」

大島からもっとも遠い詰め所の端で、一兵は答えた。

役人とはいえ、大奥の女中と二人きりで一部屋にいることは無用の疑いを生む。できるだけ短くすませなければならなかった。

「注意を怠るな」

「はっ……」

　床板に額をつけて見送る一兵を残して大島は、大奥へと戻った。

　大奥へ出入りするすべてのものを監督する表使いは多忙である。食料品から着物、煙草などの嗜好品まで、大奥へ入るものは誰が注文しようとも表使いの検査を受けなければならなかった。また、物品の購入の認可も表使いの権であった。女中たちの希望した品物の購入を認めるかどうかも表使いの考え次第であった。これに例外はなく、御台所の要望でさえ、表使いは拒むことができた。

「大島さま」

　表使い詰め所へと戻った大島へ、下役であるお末の女中が声をかけた。

「佐代か。話は茶の後じゃ」

　自席へ座った大島は、まず喉が渇いたと茶を要求した。

　詰め所に置かれている茶葉は、大奥の機嫌を取って出世したい京都所司代、京都町奉行などから献上されたもので、大島が自前の局で飲むために購入しているものより、かなり上質であった。

「……熱い。湯の温度が高いと茶の香りが飛んでしまうではないか」

一口含んだ大島は、佐代へ文句をつけた。

「申しわけございませぬ」

あわてて佐代が頭を下げた。

お末とは、大奥の雑用係である。御家人、町人、百姓の娘が伝手を頼って、嫁入り前の行儀見習いとしてあがった。数年勤めた後、宿下がりをして嫁に行く者が多く、終生奉公である大島たちとは身分が違った。

いかに見目麗しくとも、将軍の手がつくことはなく、たわむれに一夜の伽を命じられても、手つき中臈として遇されることはなかった。よほど将軍の気に入りとなり子ができでもしないかぎりは、桜田の御用屋敷で死ぬまで飼い殺しにされた。もっとも滅多に将軍の目にとまることはない。目通りの許されぬお末は、将軍と出会いそうになれば、急いで身を隠さなければならないからであった。

叱られた佐代が大島の前で縮みあがったのも当然であった。

「次は気をつけよ。で、なんじゃ」

茶碗を置いて、大島は問うた。

「お手つき中臈のすわさまより、梅干しの購入願いが出ておりまする」

平伏したまま佐代が告げた。

「梅干し、それがどうかしたのか」

大島は首をかしげた。

大奥の女中たちの食事はすべて自前であった。米は支給されるが、それ以外の副菜は外から買い求めなければならなかった。

「すわさまは、かつて梅干しをお求めになられたことはございませぬ」

佐代が続けた。

「なにっ」

聞いた大島は、驚いた。

「……上様のお渡りはどうであったか、ただちに調べよ」

「はい」

あわてて出て行った佐代がすぐに戻ってきた。

「どうであった」

「上ご錠口番に問うて参りました。三カ月ほど前、三度のお渡りがござったそうでございまする」

佐代が答えた。

上ご錠口番とは、将軍の住まいである中奥と大奥を繋ぐお鈴廊下を担当する。将軍の大奥入りについては、誰よりも詳しかった。

「わかった。ご苦労である。おって褒美を取らせる。よいか、このことは、誰にも言うな」

厳重に口止めをして、大島は足早に詰め所を出た。

大奥は広い。また、裾を乱して走るようなまねをすれば、はしたないとして陰口をたたかれる。大島はできるだけ落ち着いた風を装いながら、上臈飛鳥井のもとへ急いだ。

「飛鳥井さま」

だが、焦りからか大島は立ったまま、飛鳥井の局の襖を開けてしまった。

「なにをしておる。礼にかなわぬぞ」

局で休息していた飛鳥井が、大島を咎めた。

「これは、ご無礼をいたしました」

大島は、膝をついて一礼した。

「まったく、女中どもの手本とならねばならぬそなたが、このようなことで示しがつくと思うてか」

京の公家出身である飛鳥井は、礼儀にうるさい。飛鳥井は、厳しく大島をたしなめた。

「お叱りはのちほど。今は……」

飛鳥井の説教を大島は遮った。

「中臈おすわどのが……」

大島は語った。

「なにっ」

さっと飛鳥井の顔色が変わった。

「おすわといえば、たしか、滝川の……」

「はい。上臈滝川さまの縁で大奥へあがり、上様のお手がついたお方」

将軍の手がついても、子をなさないかぎりお腹さまと称されることはない。中臈の身分のままであり、大島より上ではあるが、飛鳥井よりは格下になる。

「滝川め」

憎々しげに飛鳥井が吐き捨てた。

今大奥には六人の上臈がいた。高岳を筆頭に、花園、飛鳥井、滝川、野村（のむら）、砂野（さの）である。この順番は厳密なもので、一つ変わるだけで、大きく格が違った。この順位を決めるのは、将軍の目通りで呼ばれた順であった。多くは初春のお目見えで決まるが、ときには、朝のご機嫌伺いでひっくり返ることもあった。

明和九年（一七七二）、田沼主殿頭意次と密接にかかわることで飛鳥井は滝川を追い落とし、順位を入れ替えて第四位に上がっていた。さらに、安永三年（一七七四）筆頭上臈であった松島（まつしま）の隠居で一つ繰り上がり、現在飛鳥井は第三位である。

一方の滝川は、当初三位であったが、明和九年花園と飛鳥井に抜かれ、一時第五位まで順位を落とした。松島の隠居で四位まで戻ったとはいえ、かつて下に見ていた花園、飛鳥井の後塵（こうじん）を拝さねばならなくなり、矜持（きょうじ）に大きな傷がついていた。

上位三人の上臈が、幕府でもっとも力を持つ田沼主殿頭についたこともあって、当分順位に変動はないと思われていた。しかし、中臈すわが妊娠したとなれば、話は変わる。

なにせ、生まれた子が男子ならば、十一代将軍となるのだ。当然、すわは将軍生母となり、その親代わりである滝川の権力は一気に増大する。三位どころか、筆頭上臈となって大奥の実権を手にできる。

対して田沼主殿頭の力で将軍世子（せいし）となった一橋豊千代（ひとつばしとよちよ）は、家治に直系男子ができたとなれば、養子縁組を解かれることになる。さすがに一橋へ返すようなまねはできないが、御三卿の上席として十万石ていどの扶持（ふち）を与えられて、江戸城から追い出される。

当然、一橋豊千代を擁立していた田沼主殿頭は失脚の憂き目に遭う。となれば、田沼主殿頭についている飛鳥井たちの末も暗い。

「医師へ確認いたしたのか」

「失念いたしておりました」

言われて大島は、息をのんだ。

地位は低くとも実質上臈につぐ権を持つ表使いは、かなり切れる女でなければ務まらなかった。飛鳥井が目をかけ、表使いへと抜擢した大島でさえ、慌てふためくほど、すわの懐妊は衝撃であった。

「ただちにいたせ」

「はい」

飛鳥井の局から、大島は表使い詰め所へと戻った。

「月照をこれへ」

大島が呼び出しをかけた。

「御用か、表使いどの」

しばらくして、墨の衣に身を包んだ尼僧が詰め所へと入ってきた。

「御広敷へ出向き、医師を呼んでくれ」

大島が頼んだ。

「どなたか病かの」

「そなたの知ることではない」

冷たく大島が拒んだ。

「やれ、厳しいお方じゃ。では、行って参じましょう」

わざとらしく両手を合わせてから、月照が立ちあがった。

月照は大奥の女坊主であった。世俗を離れた僧侶として扱われ、表あるいは、中奥へも自在に出入りできる。大奥へ入った将軍の忘れものを取りに行ったり、女中の頼みを受けて表役人との仲立ちをしたりした。

「異常でもございましたか」

小半刻（約三十分）ほどで、やはり頭を丸めた奥医師が、顔を出した。

奥医師はその職責で、男ながら大奥へ入ることが許されていた。御台所、将軍生母、子供たちなど一門が、大奥にいる場合は毎朝、検診のために訪れる。さらに本道、外道、眼科などがいつでも呼び出しに応じられるよう、中奥近くの奥医師詰め所で待機していた。

「一同、遠慮いたせ」

大島は、人払いさせた。

「はい」

佐代たちお末が、月照を促して外に消えた。

「それがし、なにか不都合をいたしましたか」

一人残された奥医師が、気弱な声を出した。

「そうではない。少し聞きたいことがあるだけじゃ。お医師どのには、なんの落ち度もない」

まず大島は奥医師を安心させた。

「さようでございましたか。で、お聞きになりたいこととはなんでございましょう」

あからさまな安堵を見せて、奥医師が訊いた。

「おすわの方どのがことじゃ」

「…………」

大島の言葉を聞いた奥医師が顔色を変えた。

「黙っていては、わからぬ」

一兵が太いと評した眉を立てて、大島が重ねて問うた。

「わ、わたくしは、おすわの方さまを拝見いたしておりませぬゆえ、存じあげませぬ」

奥医師が首を振った。将軍とその家族の診療を担当する奥医師は、本来側室の脈を取ることはない。だが、慣例として将軍の寵愛を受けた中臈の診療は担当した。もちろん、異常があった場合には御広敷へ通知するとともに、大奥筆頭上臈へも報せる。

「おもしろいことを言う」

わざと大島は笑った。

「奥医師は、合議するのではなかったかの」

中奥に詰める奥医師は、一日ごとの交代であった。当番の医師は、朝将軍たちの健康を確認した後、他の奥医師たちと合議するのだ。

当番である医師の診立てが正しいかどうか、薬などの治療法は妥当かどうか。奥医師全員が一堂に会して話し合い、将軍たちの状況は共有された。

「それは……」

奥医師が詰まった。

「わかった。ごくろうであった」

大島は手を振った。

「よろしいので」

解放されると知った奥医師が、顔をあげた。

「奥医師は、そなただけではない」

冷たい目で大島は奥医師を見た。

「主殿頭さまにお願いして、よりくわしいことを知っているであろう奥医師を紹介していただくことにいたす」

「田沼さま……」

幕府第一の権力者田沼主殿頭意次の名前を耳にして、奥医師が絶句した。

「そのおりには、そなたに問うたが、的確な答えが返ってこなかったこともお話しする。奥医師としての資質に問題があるともな」

「表使いさま」

奥医師が震えた。

田沼主殿頭の権は、将軍家治をも凌駕している。田沼主殿頭ににらまれれば、奥医師など塵よりも軽く吹き飛ばされる。

「いつまで大奥女中の詰め所におるつもりじゃ。出て行け」

大島が怒鳴った。

「お、お待ちくださいませ」

泣きそうな顔で奥医師がすがった。

「…………」

無言で大島は奥医師を見下ろした。

「おすわの方さまは、ここ一カ月ほど医師をお近づけになっておられませぬ」

奥医師が早口で告げた。

「近づけぬだと。それでは、毎朝奥医師はなにをしておるのだ」

大島が尋ねた。

「糸脈(いとみゃく)だけをいたしております る」

小さな声で奥医師が述べた。

糸脈とは、高貴な人の身体に直接触れるのは恐れ多いとして考え出された漢方の手法である。高貴な人の左手首に赤く染めた絹糸を巻き、一部屋離れたところから、絹糸を引いたり緩(ゆる)めたりして、脈をはかるものだ。

「それだけか」

「糸脈以外を拒まれまするので」

「阿呆め。なんのために禄(ろく)をいただいておるのか」

思わず大島は奥医師を叱りつけた。

「側室方の診察には、決められた要目があろう。それもおこなっておらぬのだな」

「……申しわけございませぬ」

奥医師が首をすくめた。

大奥の意味は、将軍の世継ぎを作ることにある。そのため将軍は多くの側室を抱え、伽を命じる。

当然のことながら、側室には月のものを奥医師に申告する義務があった。また、奥医師は、月に一度、側室の肉体を検診する決まりになっていた。乳の張り、下腹部の感触などから、懐妊の有無を確認するためである。

「お方さまに断られては、押してというわけにも参りませず、また上臈滝川さまより、おすわの方さまのお気のままにいたせとのお話もございましたので」

奥医師が言いわけした。

「すわの方どのから月のものの申告はいつござった」

「あいにく、覚えておりませぬ。詰め所に戻ればわかりまするが」

「調べ、ただちにわたくしのもとへ報せよ」

「承知いたしましてございまする。つきましては……」

うかがうような目で奥医師が大島を見た。

「わかっておる。そなたの名前は出さぬ。ただし、おすわの方どののかかわることは、すべて告げるのだぞ」

「はい」

大きく奥医師が首を縦に振った。

飛鳥井に報告した大島は、じりじりしながら一夜を明かした。

「急に備えて、呼び出す方法を考えておかねばならぬな」

独り言をしゃべりながら、大島は下のご錠口を通過した。

「おはようございまする」

大島の姿を見た一兵は、平伏(へいふく)した。

「なにも異常は……」

「側室おすわの方を調べよ」

報告しようとした一兵を、大島が遮った。

「おすわの方さまをでございまするか」

一兵は驚いた。

「大奥のなかのことは、こちらでいたす。おすわの方の実家を探れ」

「なにを探ればよろしゅうございましょうか」

調べろと言われても、漠然としすぎていては、狙いを絞れない。無駄にときを食うこととなりかねなかった。

「おすわの方が懐妊しているかどうかじゃ。懐妊しているとあれば、実家になんらかの動きがあろう」

「ご懐妊……それはめでたいことでございまする」

祝いを一兵は口にした。

「なにがめでたいものか。すわは、滝川の縁。すわが男子を産めば、滝川は大奥筆頭上臈となろう。そうなれば、わたくしは大奥から放逐されることになる。わたくしが去ったあと、そなたはどうなろうか」

大島が冷めた顔で言った。

「………」

一兵は理解した。

「謀反はご勘弁願いまする」

「わかっておるわ。孕んでおるならばだが、すわの腹におられるは恐れ多くも将軍さまのお子さまぞ。手出しなどした日には、一族郎党まで磔になる」

しっかりと大島が首肯した。

「懐妊が真実かどうか、まずそれを調べよ」

大島が一兵に行けと命じた。

三

江戸城を出た一兵は、大島から渡された書付を開いた。

「おすわの方。旗本五百石高山主膳正の次女。本名須磨。十五歳のおり滝川上臈の引きで大奥へ上がり、上様のお手がついた」

一兵はなかに書かれたことを読んだ。

「小普請組であった高山主膳正は、娘が上様の側室となったことで、書院番になっている」

書院番は、小姓番と並んで将軍の身辺を警固する。小姓組が江戸城内を担当するのに対し、書院番は将軍の外出を守る。将軍側に仕えるため、目にとまりやすく、遠国奉行小姓番などへ栄転していくこともある番方旗本のあこがれである。

「これで娘が男子を産んだならば、大名も夢ではないな」

懐へ書付をしまいながら、一兵はつぶやいた。

戦がなくなって旗本たちの出世は止まった。槍や刀を遣って戦場で手柄を立て、褒賞をもらったのはもう過去である。今は役目について上役の覚えをめでたくして、その代償として俸禄を増やしてもらう。すべての旗本が、数少ない役目を手にしようと必死になっている。それらの苦労をまったく意味のないものにしたのが、高山の場合であった。娘に将軍の手がつく。それだけで、実家は優遇されるのだ。たとえ姫であっても子供を作れば、実家の格は将軍の身内にふさわしいものへと引きあげられる。まして、男子を産めば大手柄である。大名になることもありえた。

「ここらあたりのはずだが……」

一兵は足を止めた。

旗本大名の屋敷に表札はかかっていない。書付にあった住所から高山の屋敷を一兵は見つけだした。

「門をやり直したか」

高山家の門は五百石の格式より大きいものであった。

「ほう」

しばらく物陰から一兵は様子をうかがった。

「ずいぶんと客が来るな」

一兵は目を見張った。わずか一刻（約二時間）たらずの間に、四名の客が訪れていた。

「娘が将軍のお気に入りだ。人が集まって当然か」

独りごちた一兵は、物陰から出ると少し離れたところで、屋敷の門前を掃いている小者へと近づいた。

「すまぬが」

ていねいな口調で、一兵は尋ねた。

「なんでございましょう」

小者が掃除の手を止めた。

「このあたりに飯塚どののお屋敷はないか」

適当な名前を一兵はあげた。

「飯塚さまでございますか。このあたりではちょっと……」

知らないと小者が首を振った。

「さようか。まちがえたかの」

首をひねるまねを一兵はした。

「ところで、あそこのお屋敷はずいぶんと人の出入りが多いようだが」

一兵は目的の高山家へと話を移した。

「ああ。高山さまでございまする。高山さまは、上様のご側室おすわの方さまのご実家で」

「おすわの方さまの……それでお客がひっきりなしにやってくるわけか」

一兵は感嘆の声をあげた。

「あの調子で人が来ては、用人どのなどたいへんだな」

主は書院番として城へあがる。まともな武家では、女を応対の場にだすことはない。となれば、客のあしらいは用人の仕事になる。

「ここ数日はとみに増えたようでございまする」

なにげなく小者が語った。

「そうか。いや、邪魔をいたした」

礼を述べて、一兵は小者から離れた。

「最近来客が増えたか……」

一兵はふたたび物陰へ身を潜め、高山家の出入りを見張った。

「商人ばかりじゃないか」

あきらかに商人が多い。高山家へ入っていく商人は、一様に荷物を手にしていた。そして出て行くときは手ぶらである。

「五百石ていどじゃ、あれだけのものは買えまい」

一兵は思案した。

高山家は五百石の知行所持ちである。年間五百石の米がとれるだけの土地を徳川家から与えられている。旗本の領地は四公六民であることが多い。高山家の収入は年になおして二百石となる。

一石一両とすれば、高山家の年収は二百両になるが、とれた米のすべてを換金することはできなかった。

まず自家消化分を除いた残りからさらに家臣の禄や給金を出さなければならない。五百石ともなると侍身分を数名、槍持ち、草履取り、鎧櫃持ちを一人ずつ、さらに小者、女中も抱えなければならなかった。その給金が年に百両ちかくなる。それらを差し引きすれば、高山家の実質収入は、百両をきった。その百両ほどで、旗本としての体面を保ち、副食物、衣料品、遊興費などをまかなうのだ。ほとんど余裕はないといっていい。

その高山家が大量の買いものをする。無理が見えた。

疑問を抱いた一兵は、暗くなるのを待って高山家へ忍びこむことにした。

書院番は、一日勤務して二日休みである。その代わり勤務は一昼夜の宿直(とのい)となる。

「行くか」

物陰で一兵は着替えた。

伊賀者の小袖(こそで)は裏返すと忍装束となる。小袖、袴(はかま)を裏返し、頭巾(ずきん)を着けた一兵は、闇に溶けた。

辻灯籠(つじどうろう)の明かりを避けて、一兵は高山家の塀をこえた。

旗本屋敷の造りはどこも同じである。一兵はためらうことなく、床下へと潜り、両手両足で這うようにして進んだ。

「このあたりが、当主居間のはず」

一兵は懐から節を抜いた竹を取り出すと、端を床板にあて、もう片方に耳を添えた。

「殿、本日伊豆屋、越後屋から、品物が届きましてございまする」

初老の用人らしい声がまず聞こえた。

「うむ。なかを確認したか。滝川さまを通じて、松平越中守さまへお渡しするものだ。粗相(そそう)があってはならぬぞ」

高山主膳正が応じた。

「まちがいなく。注文いたしたとおりのものでございまする」

用人が請け負った。

「よし。明日にでもすわの方さまのもとへ、送るように手配いたせ」

娘とはいえ、将軍の手がつけば、呼び捨てにすることは許されなかった。高山主膳正は娘に敬称をつけた。

「はい」

「ところで……あちらのほうはまだか」

高山主膳正がはばかりながら問うた。

「本日督促をいたしましたが、あと十日ほどかかると」

「また日延べか。最初の話では、もうとっくにできているはずであったぞ。だいじないのか、職人は」

ため息をつくように、高山主膳正が言った。

「細工物をさせれば、江戸でも指折りと聞いておりまする。お任せいただいて大丈夫かと存じまする」

安心させるように用人が保証した。

「五百両もかけたのだ。それでみっともないものなど作られてはたまらぬ」

高山主膳正がため息をついた。

「しかし、殿。よろしゅうございますので。滝川さまは、田沼主殿頭さまをお嫌いでございましょう。五百両もの細工物を、殿が田沼さまへお贈りしたなどと知られては、ちと都合が悪くはございませぬか」

用人の言葉に、一兵は息をのんだ。

「そのようなこと重々承知じゃ」

苦い口調で高山主膳正が応えた。

「滝川さまは、たしかにおすわの方さまを大奥へ引いてくださった。そのおかげでおすわの方さまに、上様の手がつき、我が家はようやく小普請から脱した」

「でございまする」

高山主膳正の話に、用人がうなずいた。

「だがの、考えてみよ。おすわの方さまが上様の目にとまったのは……」

「……とまられたのは……」

「おすわの方さまが、美しかったからであろう。側室となれたのは、おすわの方さまの手柄であって、滝川さまのおかげではない」

「たしかに左様ではございましょうが……」

主人の言いぶんに、用人が口ごもった。

「もちろん、滝川さまのご恩は忘れておらぬ。ゆえに、無理をしてまで、品物を整え、お渡しするのだ。滝川さまが、松平越中守さまの後ろ盾を得られるための賄をな。田沼さま一色の大奥で、越中守さまへすがる。そうせざるをえないほど、滝川さまの威光は衰えている」

「…………」

用人が黙った。

「なにより、この品物のおかげで、滝川さまと越中守さまが繋がったとしても、それが高山家の安泰にはつながらぬ」

「なぜでございましょう」

「畏れ多いことながら、上様に万一のことがあれば、側室は剃髪して大奥を出る。おすわの方さまと滝川さまの縁もここまでとなる。大奥を離れた先代の側室、その実家に、誰が手助けをしてくれる」

用人の問いに、高山主膳正が答えた。

「……殿」

将軍の寿命を語った高山主膳正に、用人が息をのんだ。

「滝川さまは、儂(わし)に金をねだることしかなさらぬ。すでに、どれほど遣ったと思う。おすわの方さまの身形(みなり)を整えるためだとか、花見や歌会など大奥行事で恥をかかぬだけの物品を手配してくれなど、五百両には届かぬだろうが、数百両はこえたはずだ」

「それはたしかに。今回の用意だけで百二十両、合わせれば三百両近くになっております」

用人が勘定した。

「この度の品物でも、滝川さまは、松平越中守さまへお渡しするとき、高山からと言ってくださっておると思うか」

「いいえ」

「であろう。当たり前だ。下世話に申す、他人のふんどしで相撲を取るであろう。他人の金でございますとは、口が裂けても言えぬ。儂のことを越中守さまは、まったくご存じないわけだ」

「はい」

高山主膳正の話に、用人は納得した。

「つまり、越中守さまが老中になられたとしても、高山家にはなんの恩恵も来ぬ。それより田沼さまよ。上様のご信頼のもと、幕府の権を一人で握っておられる。さらに将軍世継ぎとして西丸へ入られた一橋豊千代さまも田沼さまのご推挙(すいきょ)。つまり次代もご安泰じゃ」

「………」

一兵は耳を疑った。娘であるおすわの方が懐妊していれば、十一代将軍が一橋豊千代になると決まったわけではない。それを高山主膳正が断言した。

「報されていないのか」

忍びこんだ目的を一兵は果たした。

「田沼さまは遣った金だけの褒美をかならずくださるという。儂は、高山家をより大きくするためさらなる出世をせねばならぬ。娘が和子(わこ)を産んでくれるとは限らぬ。姫さまであったときのことも勘案しておかねば……」

熱く語る高山主膳正から、一兵は離れた。

四

白河藩主松平越中守定信は、無役であった。奏者番(そうじゃばん)になるには、田安家出身の身分が高すぎ、老中、若年寄とするには経験がなかった。

「ええい、腹立たしい。なぜ、余を認めぬのだ」

江戸城から屋敷へ戻ってきた松平定信は、着替えを家臣に手伝わせながら吐き捨てた。

「殿、ご辛抱のほどを」

着替えを見守っていた用人が、いらだつ主君をなだめた。

「わかっておる。もうよい、皆下がれ」

うるさそうに、松平定信が手を振った。

「はっ。何卒、田沼さまのもとへごあいさつに行かれますよう。今、御上お役人の任免は、すべて田沼さまのご一存でございまする」

用人が、一言述べて去っていった。

「余を田安から放り出した相手に、頭を下げねばならぬとは……」

一人になった松平定信が苦い顔をした。

松平定信は徳川御三卿の筆頭、田安家の七男、八代将軍吉宗の玄孫であった。

それが仇となった。定信は、田沼意次の専横を憎み、将軍親政こそ幕府の正しい姿だと主張した。

賢しく正論を述べる定信を嫌った田沼意次は、十代将軍家治をそそのかし、猛反対する田安家を押し切って白河松平と養子縁組みをさせた。

「田安家に籍があれば、家基さまの死を受けて、家治さまの世継ぎとなったは、余であったはずだ」

家格からいけば、田安は一橋の上である。御三卿から将軍を出すとならば、幕府祖法である長幼の序にもとづいて、定信が選ばれるはずであった。

それが田沼意次のために泡と消えた。

松平定信の田沼意次への恨みは深い。しかし、将軍親政の夢が絶たれた定信にとって、祖父吉宗を倣って幕政改革をなすには、老中となるしかない。下げたくない頭を低くしても、定信は耐えなければならなかった。

「殿、大奥上臈滝川さまより、文が」

居室で鬱々としていた定信のもとへ一通の手紙が届けられた。

「滝川よりか」

受け取った定信は、首をかしげた。滝川は上臈のなかで地位も低く、大奥での権はないに等しい。大奥を後ろ盾にと考える定信でさえ、食指の動かない相手であった。

「田沼に見捨てられ、余に鞍替えするつもりか」

なんの感情もなく、手紙を開いて一読した定信の顔色が変わった。

「要、和多田はおるか」

定信が天井を見あげた。

「これに」

お庭番和多田要が姿を現した。

「読め」

定信が手紙を突き出した。

「拝見つかまつりまする」

目を落とした和多田が、すぐに顔をあげた。

「……越中守さま」

「これが真（まこと）であれば、余から上様へお報せする形を取りたい。男子ならば引目役（ひきめやく）を余がいたすためにもな」

引目役とは、将軍の子が生まれたときの披露で、後見をする大名のことだ。披露の後もなにかとかかわることができ、将軍の子へ大きな影響をおよぼせた。

「よいか、田沼に知られるな。他に知った者がおれば……必ず、始末いたせ」

冷たく定信が命じた。

「はっ」

和多田要が平伏した。

お庭番は八代将軍吉宗が、紀州から実母浄円院を江戸へ招くとき、その道中警固を担った紀州藩奥詰玉込め役十七家を祖としていた。

実母の身分が低いことで、親や兄たちから差別を受けてきた吉宗にとって、浄円院は唯一と言っていい肉親である。その母を江戸へ招くには、敵地に等しい尾張の領地を通過しなければならない。八代将軍継承を巡って、尾張家と争った吉宗としては、実母の道中の安全に強い不安があった。その母の身柄を任せられる数少ない忠臣が玉込め役であった。浄円院を江戸に送り届けたあと、玉込め役がそのまま吉宗直属の隠密となったのも当然の帰結であった。

お庭番は桜田の御用屋敷を住まいとして与えられ、今は分家を含めて二十二家がその役目に就いていた。

お庭番和多田要は、二十二家に属さない裏であった。

本来、お庭番は将軍直属でその任以外を受けない決まりである。しかし、吉宗は本家を継いだ家重以外の子供たちにも、万一を考えて身辺警固のお庭番を配した。

吉宗は御三卿の田安と一橋に、お庭番の分家から選んだ一家をつけた。一橋家につけられたお庭番は変わらずだが、田安家は変化した。田安家が当主無き空き館となったからである。仕える当主を失った田安家のお庭番は、治察の遺言に従い松平定信のもとへ身を寄せた。

「おすわの方さまか」

松平定信から、探索を命じられた要は、嘆息した。

「面倒なところだ、大奥は」

将軍の私である大奥は、表の権力がおよばない格別の場所であった。

「警固は伊賀者に任され、お庭番とて入ることは許されぬ」

要が首を振った。

伊賀者の代わりとして呼び出されたお庭番であるが、数が少なく、探索御用を承るだけで手一杯であった。とても広大な大奥を守るだけの人手などない。ために、吉宗はあえて伊賀者から大奥を取りあげなかった。それが、邪魔になっていた。

「話をしても無駄であろう」

伊賀者同心上席格を与えられたお庭番は、いわば伊賀者の上司になる。だが、探索御用を奪った相手のお庭番は伊賀者にとって敵も同然。とても、大奥への出入りを認めてくれるはずはなかった。

「化けるか」

要がつぶやいた。

桜田の御用屋敷へ戻った要は、長屋の二階で衣服を脱いだ。

忍というのは、床下や天井裏など狭いところに入ったりすることが多い。小柄でなければ務まらない。ご多分に漏れず、要も男としては背の低いほうであった。

素裸になった要は、剃刀を取り出し、腕や臑の毛を丹念に剃り落とした。

続いて肌色の下帯で股間を強く締め付けた。

「何度やっても、これはきついわ」

苦笑しながら要が、鏡の前へ座った。

眉を小さく整え、薄く白粉を刷き、口紅を塗って、島田髷の鬘をかぶる。長襦袢、黄八丈の着物をまとい、幅広紅の帯を締めれば、立派な女のできあがりである。

「あとは切手だな」

切手とは、大奥への出入りを許可した書付である。大奥表使いの下役切手書が取り扱うもので、どこの局に属するなんという女中が、どういう目的で外出するかが書かれていた。これがなければ、大奥の出入り口である七つ口を通ることはできなかった。

女に化けた要は、その足で平川御門へ向かった。

大奥から宿下がりする女中たちは平川御門を使う。

「あやつがよかろう」

昼前、平川門から一人で出てきた若い女に要は目をつけた。

大奥へあがった女は、死ぬまで出ることができない終生奉公と言われている。これはお目見え以上の女中に限ったことであり、局で雇われるお末と呼ばれた端女(はしため)は許しさえでれば、出入りできた。

目の前を通り過ぎていく女をやり過ごして、後をつけた要は、他人目(ひとめ)の薄くなったところで近づき、後ろから口をふさいで、当て身を入れた。

「こふっ」

くぐもった苦鳴を漏らして気を失った女を軽々と担いで、要は路地の奥へと入った。

伊勢屋、稲荷(いなり)に犬の糞(くそ)が江戸の名物とされるほど、どこの路地にも稲荷社はあった。

要は、小さな稲荷の社(やしろ)裏へ女を担ぎこんだ。

「……これだ」

しばらく女の身体を探っていた要は、胸元から一枚の書付を取り上げた。

「中臈水島(みずしま)の局に務める珠(たま)か」

要は、女をじっと見た。

「衣服を借りるぞ」

素早く帯を解き、着物を脱いだ要が、珠の身につけているものをはぎとった。

「もう少し膨らませなければならぬか」

やせている要より、珠の肉付きはよかった。胸のところに手ぬぐいをあて、頬に含み綿をした要は、珠の衣服をまとった。

慣れた手つきで珠を縛り轡をかませた要は、珠を社の背後に隠した。

「いずれ社の掃除に誰か来るだろう。それまで辛抱していろ」

まだ意識を取り戻していない珠に言い残して、要は路地を出た。

大奥には千人に近い女が住んでいた。その消費は食料を含め膨大になる。なかには女の腕では持てないような重いものもある。風呂の水や薪、あるいは簞笥長持ちなどの家具など、とても女の力では動かせない。これら力仕事をする男を五菜といった。

とはいえ、男を大奥に入れるのだ。厳しい見張りがついた。

「おすわの方さま付きの五菜でございまする」

尻はしょりをした中年の男が、七つ口で書付を出した。

「しばし待て」

七つ口を管轄する御広敷添番が書付をあらためた。

「よし。通ってよし。おい、伊賀者」

許可を出した御広敷添番が、伊賀者番所へと声をかけた。

「柘植源五、承って候」

七つ口に連結している番所から柘植源五が出てきた。

「五菜の弥輔(やすけ)でございまする」

手に大きな荷を持った五菜が名乗った。

「柘植だ。おすわの方さまのお局までだな」

「はい。お手数をおかけいたしまする」

五菜が頭を下げた。

「うむ。では、参ろうか」

柘植源五が先に立った。

御広敷に配されている伊賀者の仕事、その一つが大奥へ入る男の見張りであった。

「次」

弥輔と柘植源五を見送った御広敷添番が、声をあげた。

「…………」

無言で並んでいた女が切手を差し出し、小さく頭を下げた。

「中臈水島さまが、お末の珠か。……さきほど宿下がりしたばかりではないか。忘れものか」

御広敷添番の問いに、珠が恥ずかしげにうつむいた。

「気をつけよ。通れ」

一応の注意を与えて、御広敷添番は通行を許可した。

「…………」

切手を受け取りながら、珠がさらに深く頭を下げた。

「次」

御広敷添番の興味が珠から外れた。

「男には厳しいが、女には甘い。女は女を孕ませないからだろうが……これでよいのか」

七つ口を上がって廊下の隅をうつむき加減で歩きながら、要は口のなかで独りごちた。

「お末、お茶を点てるゆえ、水をもて。井戸の水ではないぞ、一晩汲み置いたものでなければならぬ」

「本日、届いた魚は煮物にいたせとお局さまの命じゃ」

女中たちの話が、あちこちから要の耳へ聞こえた。

「上臈滝川さまへ、贈りものをいたさねばならぬ。なにを贈れば、滝川さまのお気を引くことができよう。誰ぞ、いい考えはないか」

そのなかの一つが、要の気を引いた。

「滝川といえば、おすわの方さまの部屋親」

要が足を止めた。

部屋親とは、将軍の手がついた女が属していた局の持ち主のことだ。血のつながりなどはないが、大奥では親子の関係に準じて扱った。部屋子が将軍の寵愛を受ければ、部屋親の地位も上がり、逆に部屋子が不始末をしでかせば、部屋親の責任となる。

「……………」

すっと要は、声のした局の襖に近づき、聞き耳をたてた。

「お局さま。滝川さまは第四位とはいえ、長く上臈をおつとめでございまする。なまじのものでは、かえってご機嫌を損なうやも知れませぬ」

問われた部屋子が答えていた。

「なればこそ、目に留まるほどのものを用意すれば、妾の覚えがよくなろう。なにか、考えよ。よいか、妾が上臈の末席にでもつけば、そなたたちも大きく身分をあげることになる。大奥での出世は、実家へ大きな影響を与えるのだ。御家人は旗本となり、旗本はより良い役目に就く」

「それは……」

餌をぶらさげた部屋親に、部屋子たちがざわめいた。

旗本の娘が大奥にあがる理由は大きく分けて二つあった。

第一は、将軍の目にとまり、寵愛を受けることである。その次が、実家の助けとなるためであった。

表向き大奥は政にかかわらない決まりであったが、その影響力は老中若年寄にも匹敵した。これは、表と違い、奥ではお目見え以上であれば、将軍と直接話ができる機会が多いからであった。

将軍といえども一人の男なのだ、女にねだられれば、弱い。

それこそ「あの者は執政にふさわしくございませぬ」とでも言われれば、老中でも首が飛んだ。

古くは春日局のころから、大奥は隠然たる影響を幕政に持ち続けていた。役人たちが大奥の機嫌を伺ったのも当然であった。

その大奥で娘が出世すれば、実家もよくなる。実家が引き立てられ、裕福になれば、大奥にいる娘への仕送りも増える。大奥へあがりながら、将軍の寵愛を受けていない女たちにとって、金がなによりの頼りである。

大奥女中たちの給金は、安い。大奥へあがった旗本の娘が最初に任じられる御三之間詰めで、五石二人扶持、合力金十五両、すべてを金にしたところで、二十数両でしかない。これだけで、三度の食事、季節ごとの衣服などを整えなければならないのだ。格にあった面目を保つなど、無理である。そこで、大奥へあがった娘たちは、実家に金の融通を頼むことになる。実家も娘のためにと算段するが、いまどきの旗本はどこも貧しい。とても満足いくだけの金は渡せないのが現状であった。

「御三之間から呉服の間へあがるだけで、三石と五両の差が出る。扶持も一人増える。年に十両の違いぞ」

「……十両」

部屋子たちが息を呑んだ。

「なにより呉服の間となれば、上臈方、お部屋さまの衣服を仕立てられる。それこそ、上様のご寵愛深いお千穂の方さまと親しくお話しできるのだ」

さらに局が煽った。

お千穂の方とは、旗本津田信成の娘で、早くから家治のもとに侍り、嫡子であった家基を産んでいた。家基は残念ながら十八歳の若さで急逝したが、お千穂の方への寵愛は衰えなかった。家治の正室閑院宮倫子内親王の死後、お千穂の方が主として大奥に君臨している。さすがにお褥ご辞退となり、閨に侍ることはなくなっていたが、家治はなにかあれば、お千穂の方を召し、酒食の相伴などを命じていた。

「どうじゃ。良い案は浮かんだか」

ふたたび部屋親が問うた。

「帯留めなどいかがでございましょう。鼈甲に細工を施したものなど、どのような帯にでも合いまする」

部屋子の一人が述べた。

「なれば打ち掛けのほうがよろしいのでは。帯留めでは目立たぬやも知れませぬ」

別の部屋子が提案した。

「打ち掛けか。近々お披露目もあろう。良いかも知れぬな」

部屋親が納得した。

「ただちに白木屋へ使いを立て、打ち掛けを手配させよ。金は二百両までならばよい」

「はっ」

若い部屋子がうなずき、動く気配がした。

「…………」

すっと要は襖から離れた。

「お披露目と言っていたな」

さきほどの局から離れながら、要が思い出していた。

「おすわの方さま、ご懐妊の披露か」

部屋親は部屋子であった側室の親代わりである。懐妊が確定したときには、賑々(にぎにぎ)しい披露をおこない、大奥中へ知らしめる決まりであった。

「だが、これだけではとても越中守さまへご報告はできぬ。ただの噂話(うわさ)の域を出ておらぬ。なんとか、もう少し強い証(あかし)を手にせねば」

要は、大奥の奥へとさらに進んだ。

「……あれは先ほどの伊賀者」

廊下の向こうに柘植源五の姿を要は認めた。五菜を前にこちらへと歩いてくる。

「用件を終えた五菜を七つ口まで見送るのだな」

覗きこまなくても顔が見えるよう、要はうつむいていた顔を少しだけあげた。露骨に隠していてはかえって伊賀者の興味を引くことになる。

二人が五間（約九メートル）ほどに近づいたところで、要は足を止め、身体全体を回し、背中を見せた。

「ご免くださいまし」

五菜が詫びながら小走りに要の横を通り過ぎていった。

「…………」

無言で柘植源五も続いた。

男と目を合わさない、これも大奥の慣習であった。

「気づかぬか」

去っていく柘植源五へ目をやることなく、小さく要が笑った。

要とすれ違った柘植源五は、五菜を七つ口から追い出すと、当番の御広敷添番のもとへ急いだ。

「先ほど大奥ですれ違った女中がおりましたが、あれは……」

「ああ、あれは今朝方宿下がりをした中臈水島さま付きのお末、珠だ。忘れものをしたと戻って参った。それがどうした」

柘植源五の問いに答えた御広敷添番が、首をかしげた。

「いえ。お手を煩わせたことをお詫びいたしまする」

同心でしかない伊賀者と旗本である御広敷添番では、身分に大きな隔たりがあった。

柘植源五はていねいに頭を下げると、伊賀者詰め所へと急いだ。

「組頭」

「騒々しい。なにごとだ」

伊賀者詰め所で一人瞑目していた伊賀者同心組頭百地玄斎が、叱った。

「何者かが大奥へ」

叱責を無視して、柘植源五が述べた。

「なんだと」

百地玄斎が絶句した。

「結界を破られたのか」

「いえ、どうやら宿下がりした女中に成り代わって七つ口から入ったようで」

柘植源五が先程すれ違った女中のことを話した。

「女の足音がなかったのでござる。姿が見えてからは聞こえましたが……」

「忍だな」

苦い顔で百地玄斎が口にした。

「目的はおすわの方さま、ご懐妊の真偽か」

大島が奥医師を呼んだこともあり、おすわの方懐妊の噂は大奥に広まっていた。

「まずはそれでございましょう。もし田沼さまに反発されている滝川さまの部屋子、おすわの方さまが、お世継ぎを産まれれば、田沼さまの権勢は崩れまする」

柘植源五も同意した。

「かかわりたくはない」

百地玄斎が小さな声で言った。

「はい。巻きこまれては伊賀組など、塵芥のごとく吹き飛ばされましょう」

「かといって、大奥は我らが範疇。なにもせぬと言うわけにはいかぬ」

嘆息して百地玄斎が首を振った。

「押しつけてはいかがでございましょう」

「誰にだ」

「一兵に。田沼さまが落ちれば、三位の上臈となった飛鳥井さまも失脚」

上臈飛鳥井は田沼主殿頭と手を結ぶことで、大奥での地位をあげていた。

「なるほどな。大奥表使い大島さまは、飛鳥井さまの配下。大島さまから手当をいただいておる一兵は、飛鳥井さまの危機に立ち向かう義務がある」

表情の読めない顔で百地玄斎が、柘植源五の案にのった。

「一兵をここへ」

「ただちに」

柘植源五が詰め所を出て行った。

五

一兵は大島に命じられたおすわの方懐妊の真偽を確かめるため動いていた。大奥の外へ出ている一兵はまだ懐妊の噂が流れていることを知らなかった。

「おすわの方さまが実家、高山主膳正は、どうやら懐妊の事実を知らないようだ」

昨夜、高山主膳正の屋敷へ忍びこんだ一兵は、そこで高山主膳正と用人の会話を聞いていた。だが、何一つ得るものはなかった。

「実家に報せていないのか、それとも懐妊は偽り……」

次の目標へ歩を進めながら、一兵は思案した。

「滝川の宿元はどうであろうかな。凋落(ちょうらく)気味な滝川としては、喜びごとは少しでも早く報せたいと考えるはず」

一兵は滝川の実家へ足を運んだ。

「お小納戸武藤庄兵衛か。滝川の弟というが、上様のお身のまわりを担うお小納戸になれたのは、姉の引きであろうな」

大奥上臈ともなれば、弟を引きあげるくらい容易であった。

「……これは」

大島から与えられた武藤の家譜を見た一兵は、目を疑った。

「当主がお小納戸に出ているだけでなく、嫡男もお小納戸を務めているだと」

田沼主殿頭を例に出すまでもなく、親子で出仕することはさして珍しくはなかった。だが、同じ役目を同時に親子で務めるのは、きわめて異例であった。

「今の当主は、武藤安徽。養子か」

武藤庄兵衛安徽は、旗本土岐大学頭の四男である。先んじて嫡男に死なれた先代安武の孫と婚して、武藤家を継いだ。

「滝川は安武の次女……一度嫁に行っているのか」

家譜を読みながら、一兵は驚いていた。一度婚した女でも大奥は受け入れた。もちろん、将軍の手がついても問題はなかった。人妻であった者を側室として認めないとはできないのだ。なにせ、徳川にとって神である家康は、晩年、人妻か、離婚した経験のある女ばかりを選んで側室としていた。神君のしたことを否定するような決まりを幕府が作れるはずなどない。

「離別した娘が大奥へあがり、上臈となったおかげで武藤家は引きあげられた。いや、そうではないのか。代々お小納戸か」

さかのぼった一兵は、驚いた。

武藤家は、もと戦国大名三好家の家臣であった。三好家が滅んだあと増田長盛へ仕え、のち家康の旗本となった。禄高は初代がもらった五百十石のまま寸石も増えていない。将軍の側で仕え、目に付く小納戸を代々受け継いでいたわりに出世とは無縁であった。

「ふむ。滝川の祖父が傑物だったか」

ただ二代前の安英が相当な人物だったらしく、書院番から小十人頭、お小納戸を経て、武藤家の家格から行けば破格の目付、お留守居番まで務めた。安英は禄を増やすことはできなかったが、家格を寄合にあげた。寄合はおおむね三千石以上の旗本の格式であり、幕府のあつかいも変わった。

「なるほどな。祖父のおかげで滝川は、大奥へあがり、上臈までなったのか」

旗本だけでなく、京の公家からも立身を求めて大奥入りを願う女は多かった。そのなかで上臈まで上がれる者は少ない。本人の資質はもちろん、強い引きがないと難しかった。

「滝川が今の地位に固執するわけだ。祖父の遺した功績が己を引きあげてくれたとわかっていればこそ、報いねばならぬと必死になる」

初めて一兵は、滝川に親しみを覚えた。

一兵も同じであった。三十俵三人扶持、中間に毛の生えたような軽輩ではあるが、はるか戦国に活躍した先祖の功績の産物である。罪科がないかぎり、代々受け継いでいくことが許される身分は武士としての証であり、一兵を生かしてくれている財産でもあった。

「武士として何よりの務めは、家を受け継いでいくこと。次に、家を発展させ、よりよい身分を得るために努力しなければならない」

家を継ぐべき長男は、物心ついたときから、こうしつけられて育つ。伊賀者同心といえども同じであった。いや、より願望は強かった。

戦国の世で化生の者としてさげすまれた忍は、泰平の世となっても差別されてきた。

「闇を利用する卑怯未練な者」

戦場ではなく、隠れた働きこそ忍の本質であり、織田信長の桶狭間、徳川家康の関ヶ原も忍の活躍なしでは、勝利をなしえなかった。だが、それは表に出ない。目に見えぬ功績など、華々しく戦場で名乗りをあげ、手柄を吹聴する侍から見ればないも同然である。

伊賀組同心が組内でしか通婚しないのは、他の幕臣から相手にされていないからなのだ。忍の技を外へ漏らさぬためというのは、伊賀組の強がりでしかなかった。

「同情はするが、吾も伊賀者の縛りから放たれる絶好の機会を逃すわけにはいかぬ」

無事に命を果たした暁には、一兵を旗本へ引きあげる。大島の約束である。

「高山主膳正の屋敷より、ずいぶんと立派だ」

武藤が五百十石、高山が五百石と石高ではほとんど差はなかった。しかし、屋敷の大きさはもとより、その造りも大きく違っていた。

「…………」

まだ日は高かったが、一兵は屋敷の床下へと忍んだ。親子で小納戸役なのだ。さすがに同じ日に当番となることはない。どちらか一方は非番であろうと一兵は読んだ。

一兵はまず、母屋から探った。

「当主はいないな」

気配を探った一兵は、離れへと移った。

「若、曾我(そが)さまにお話しせずともよろしいのでございまするか」

話し声が一兵の耳へ届いた。

「妻の実家へか」

武藤安貞(やすさだ)が問い返した。

「はい。ご当主姉君の滝川さまがより一層のご立身をなさるとなれば、あらかじめお報せしておかねば、後々なにかと言われましょう」

用人が懸念(けねん)を口にした。

「たしかに曾我は、妻の実家だが、姉の大奥入りになんの手助けもしておらぬぞ」

安貞が渋った。当主安徽の養子となっているが、安貞は安武の三男である。血のつながった滝川の弟であった。

「さようではございまするが、曾我さまとしては、おもしろくはございますまい。ご存じの通り、曾我さまは、何度も滝川さまへお役付きをとのお願いをなされておられまする。しかし、滝川さまからはなんのご返答もございませぬ」

苦い声で用人が述べた。曾我家はあの富士の仇討(あだう)ちで有名な曾我兄弟につながる名門であるが、ここ数代めざましい活躍もなく家計が逼迫(ひっぱく)していた。

「ぬか喜びさせるわけにもいくまい。はっきりとするには、もう一月ほどかかると言うではないか。女の身体のことはよくわからぬが、妻もときどき月の障りがずれておる。まだ確定したわけではない。先走るではない」

「申しわけございませぬ」

厳しく言われて、用人が詫びた。

「よいか、我らは待てばいいのだ。どう考えても、なにもできぬのだからな」

「わかりましてございまする」

用人が引いた。

「懐妊……」

静かに武藤家の屋敷を抜け出した一兵は、大島へ報告すべく江戸城へと急いだ。

「どこにいた」

御広敷へ戻った一兵を迎えたのは、顔色を変えた柘植源五であった。

「なんだ」

一兵は同僚の剣幕に戸惑った。

「大奥の結界が破られた……」

「馬鹿な……」

囁かれた内容に、一兵は耳を疑った。

「表から堂々と来るとは」

生まれたときからのつきあいだ。柘植源五の腕をよく知っている一兵は、話を聞いてから疑いの言葉を発しなかった。

「なにやつだと思う」

「お庭番であろうな。甲賀者は大手門の門番と与力格という身分に満足している。すでに忍の技を受け継ぐこともしておらぬという。とても、大奥へ侵入するなどできまい」

問われて一兵は答えた。

「やはりか」

柘植源五が頬をゆがめた。

「それより、なにをしているのだ。伊賀の総力を挙げて、そやつを排除せねばならぬのではないのか。組頭さまは、なにをなさっておるのだ」

緊迫した雰囲気を感じられない一兵は、柘植源五へ迫った。

「詰め所でお待ちだ。吾の言えることはもうない」

柘植源五が、首を振った。

「お呼びとか」

一兵は詰め所へと駆けこんだ。

「遅かったの」

待っていた百地玄斎が、一兵を見た。

「結界が……」

「騒ぐな。伊賀の恥を外へ聞かせる気か」

百地玄斎がたしなめた。

「なれど……」

「落ち着け。すでに大奥の周囲は固めた。逃がすことはない」

「ならば、ただちに捕縛を」

腰を浮かせて一兵が、はやった。

「お庭番と真っ向から対立するつもりか」

「……うっ」

言われて一兵は腰を落とした。

伊賀にとってお庭番は、探索御用を奪った不倶戴天の敵である。だが、露骨に敵対するわけにはいかない相手であった。

お庭番は将軍直属、うかつに敵対しては伊賀者が不利になりかねなかった。

「下手をすれば、伊賀が潰れる」

悔しげに百地玄斎が述べた。

「……………」

一兵は言い返せなかった。

「伊賀との対決をお庭番も望んではおるまい。なればこそ、女に化けて七つ口を通るという手を遣ったのだ。忍として屋根裏、床下を通って大奥へ来たならば、伊賀の矜持にかけて排さねばならぬ。しかし、変装を見抜けなかった御広敷添番の失策まで伊賀者が尻ぬぐいする理由はない」

百地玄斎が首を振った。

「では、このまま見逃すので」

「伊賀は動かぬ」

「どういう意味でございましょう」

含みのある百地玄斎の言葉に、一兵は問うた。

「お庭番は将軍の盾。なにがあっても吉宗さまのお血筋に危害を加えることはない。

そのお庭番が大奥へ忍んだ。なんのためだ。探索しかない。今の大奥に探られることは……」

百地玄斎が一兵の顔をのぞきこんだ。

「あっ」

一兵は思わず声をあげた。

「わかったか」

ゆっくりと百地玄斎が立ちあがった。

「ご錠口を使うのであろう。儂は外しておく」

百地玄斎が出て行った。

「逃げたな。あくまでも伊賀はかかわらず、吾を生け贄にする気か」

あきれた一兵だったが、百地玄斎を罵るだけの暇はなかった。

「お使い番どの」

一兵は下のご錠口、御広敷側の戸を開けて、呼びかけた。ご錠口の側には、かならず大奥お使い番が控えており、表との急なやりとりに備えていた。

「なんじゃ」

分厚い大奥側の扉の向こうから、威丈高な返答が聞こえた。

「表使い大島さまへ、至急のお目通りを願いたい。拙者伊賀者同心御厨一兵と申す」

「大島さまだと」

使い番の女中が驚愕(きょうがく)した。

「たかが伊賀者風情が、表使いさまにお目通りを願うなど慮外(りょがい)である」

下のご錠口を開けもせず、使い番が拒絶した。

「大島さまよりいつなりとて構わぬとのお言葉をちょうだいいたしております。お止めなされては、貴方(あなた)さまの身に差し障りましょう」

すでにお庭番が入ってから、かなりの刻(とき)が経っている。一兵は使い番たちの反発を買うと承知のうえで、脅(おど)しをかけた。

「ま、待て。今ご都合を訊いて参る」

案の定、使い番が慌てた。

「御厨か」

少し待っただけで、下のご錠口の向こうから大島の声がした。

「さようでございまする」

「開けよ」

一兵の返答を確認してから、下のご錠口が開いた。

「なにがあった」

近づいてきた大島が、詰め所の手前で足を止めた。時刻を決めての面談ではない。男から呼び出された形になったことを大島が危惧(きぐ)している証拠であった。

「耳をこちらへ向けてくださいませ」

二人の間には二間（約三・六メートル）の間があり、さらに大奥側から使い番が覗いている。一兵は懐から竹筒を取り出し、大島へ向けた。

「こうか」

大島が右の耳を一兵へ見せた。

「ごめんを」

一兵は探索の結果とお庭番侵入のことを伝えた。

「……なにっ」

「大島さま」

驚愕の声を漏らした大島を、一兵がたしなめた。

「いかがいたしましょうや」

「しばし、待て」

目を閉じて大島が思案に入った。

「おすわの方の懐妊が偽りであったならば、お庭番の侵入は吉となる。我らが暴く手間を代わってくれるからの。しかし、懐妊が真実であった場合、報告はただちに上様に届く。となれば、我らにもう打つ手はなくなる。大奥は滝川の手に落ち、飛鳥井さまは、隠居、わたくしはお役ご免のうえ、不名誉な罪状を押しつけられて放逐……実家へも累はおよぼう。やはり大奥のことを外に漏らしてはならぬ」

大島の独り言は、竹筒を耳にあてた一兵の耳に全部聞こえていた。

「御厨。大奥へ入りこんだ者を除けよ。ただし、決して表沙汰にはするな」

条件をつけて大島が、決断した。

「承りましてございまする」

大島を見送った一兵は、下のご錠口の扉を閉めると、詰め所の床板をはがした。

床板の下には、石段が隠されていた。

「行くか。この通路のこと、知られるなよ」

いつのまにか百地玄斎が、詰め所に戻っていた。

「お口出しはご無用に」

一兵は冷たく告げた。責任を己一人におしつけられたのだ。一兵の不満は当然であった。

「…………」

黙った百地玄斎を残して、一兵は御広敷の床下へと潜った。

珠に化けて大奥を探ること一刻半（約三時間）、要はいよいよ滝川の局へと近づいた。

「かなり広いな」

要は滝川の住居である局の前に立ち、あたりを窺った。総二階造りで、寝所、居間はもちろん、上臈ともなると与えられる局もかなり広い。総二階造りで、寝所、居間はもちろん、台所、湯殿、厠など生活に入り用なものは、すべてそろっていた。

また使用する者も多く、住居である局と被る名前の使用人頭局一人、身のまわりを世話する相の間女中六人、他の局への連絡係である小僧二人、台所仕事をする多門二人がいた。

「二階もあるか。天井裏は使えないな」

忍ぶことはできても、二階で人にうろつかれては、気が散って下の声などまともに聞くことはできなかった。

「下しかないな」

ちらと廊下を見た要は、素早く局の向かいにある納戸へとすべりこんだ。

大奥の納戸にしまわれているものは、季節ごとに使う道具類や夜具、衣類などかさばるものが多かった。

「くっ。女臭い」

籠もった匂いに顔をしかめた要は、夜具の塊を押しのけ、床板を露出させると、懐から苦無を取り出した。

木の葉のような形をした苦無の周囲は波形の刃で覆われていた。手裏剣として使うこともできたが、鋸の代わりともなった。

数枚の床板を手早く切り取った要は、そこから床下へと身を躍らせた。

表使いなど大奥で実務を担当する役目をもつ者は、役座敷へ出向いて仕事に就くが、上臈ともなれば、己の局から出ることはほとんどなかった。

「滝川さま、お茶などいかがでございましょうや」

局のあやめが、訊いた。

「そろそろ八つを過ぎたか。そうじゃの。茶にするか。そういえば、到来物があったの」

「はい。御右筆頭志賀野さまより、花落雁をちょうだいいたしておりまする」

あやめが答えた。

「花落雁か。よかろう。誰ぞ、おすわの方どのをお呼びいたして参れ。よいお菓子が手に入りましたゆえ、ご同席いただきたいとな」

「ただちに」

控えていた小僧が、急いで局を出て行った。

「おすわの方が来る。これは都合がよい」

聞いた要がほくそ笑んだ。

半刻（約一時間）ほどでおすわの方が滝川のもとへとやって来た。

「滝川さま、お招きありがたく」

おすわの方が、膝をそろえて挨拶をした。側室は、いかに将軍の寵愛深かろうとも、大奥での序列は中臈であり、上臈よりも格下であった。ただし、将軍の世子を産んだ場合は、お身内として扱われ、御台所の下、上臈の上となるが、おすわの方はまだ違った。

「よく来てくれたの。わらわとすわの仲じゃ。気を遣うことはない。吾が部屋と思うてくつろがれよ。こちらへお出でなされ。あやめ、用意をな」

滝川が歓迎した。

「ただちに」

次の間上座に並んだ滝川とおすわの方の前へ、茶と花落雁が出された。

「花落雁でございまするか」

菓子を見ておすわの方がはしゃいだ。

「いただきましょうぞ」

「はい」

しばらく茶をすする音だけが、局を支配した。

「ところで、すわ。身体の調子はいかがじゃ」

茶碗(ちゃわん)を置いた滝川が問うた。

「よし……」

床下で要が緊張した。

「おかげさまでかわりなく」

おすわの方がうなずいた。

「そうか。なにも変わったことはないか。今が大事のときぞ」

「承知しておりまする。冷やさぬよういつもさらしを巻いておりますれば」

「それならばよいが。ところで、上様のお召しは」

「ここ一月はございませぬ」

力なくおすわの方が首を振った。

「もともと上様は、淡泊であらせられるが、あやめ」

茶碗を置いて、滝川が腹心の顔を見た。

「上様は、この三十日、どなたにもお伽を命じられておりませぬ」

あやめが応えた。

「どなたもお召しではない。上様のすわへの寵愛はあせておらぬ」

「はい」

滝川の気遣いにおすわの方がうなずいた。

「あれだ」

床下を進んでいた一兵が、ようやく要を見つけた。床上の話に集中しているのか、要は、一兵に気づいていないようであった。一兵は気配を消して近づいた。

しかし、間合いが二間（約三・六メートル）になったところで、要が振り返った。

「ばれたか」

一兵が舌打ちをした。

「またおまえか」

姿勢を変えて一兵と向かい合う形になった要が苦い顔をした。

「やはり、あのときの」

変装していても骨相は変わらない。一目で一兵は見抜いた。

「…………」

一兵は躊躇なく殴りかかった。

「ふん」

首を曲げてかわした要が、逆襲してきた。

「くっ」

鋭い打撃を一兵は避けられず、左手で受けた。

「重い」

互いに床下で這うような形での戦いである。拳に体重がのせられないにもかかわらず、要の一撃は一兵を揺さぶるほどであった。

「潰れろ」

受け止めた要の拳を、一兵は摑んだ。

「ちっ」

あわてて引こうとする要の拳を、一兵は力任せに握った。

忍は片手で己の身体を屋根の上へ引きあげられる。一兵も左手で青竹を割るだけの力を持っていた。

「こいつめ」

要が右手で殴りつけてきた。

「つうう」

要の左手を離すまいとしていた一兵は、避けきれず肩を殴られ、その痛みに力を緩めてしまった。

「馬鹿力めが」

素早く左手を引いた要が、一兵をにらんだ。

二人ともが刃物を抜かずにいるのは、流血を避けたためであった。

妊娠中の女に血を見せるのは不吉とされている。なにより、気弱な女が、血まみれの死体を見て、冷静でいられるはずなどない。ここで争って相手を倒したとしても、もしおすわの方にその場を見られ、なにかあったとすれば、一兵も要も無事ではすまなかった。

また、刃物を使っての争いはどうしても音が出る。お庭番が大奥へ忍びこんだとばれれば、大きな問題となる。なればこそ、要も素手での戦いを受けたのだ。さらに、大奥も殿中なのだ。いかに将軍の盾といわれるお庭番でも、刀を抜けば切腹お家断絶になる。大奥警固の伊賀者も同じである。二人は音を立てないように争った。

「とはいえ、そろそろお召しは、身体にさわろう」

上から滝川の気遣うような声がした。

「いかがなのでございましょう。わたくしは初めてなものでございますので、わかりかねまする。上様からお召しがあれば、従うのがわたくしの務め」

おすわの方が述べた。

「やはり、懐妊していたか」

聞いた要が確信した。家治の夜の相手をするのが側室の仕事である。月の障り以外で断ることは許されない。例外は懐妊と病であった。

「用はすんだ」

要が撤退を始めた。

「逃がさぬ」

すがるようにして一兵が拳を打った。

「ふん」

転がって避けた要が、その勢いを利用して体勢を変えた。獣のように手足を使って要が走りだした。

「待て」

あわてて一兵もあとを追った。

「……………」

床板を外したところまで来た要が、一気に上へと跳ねた。

「ちっ」

待ち伏せを警戒して一兵は、穴の手前で気配を探るため止まらざるを得なかった。

「よし」

一呼吸ほどで一兵は床上へ顔を出したが、すでに要の姿はなかった。

「逃げられると思ったか。甘いわ」

一兵は開け放しの納戸の扉から廊下へ出た。

男子禁制とはいっても、伊賀者は大奥の監視として出入りが許されている。もっとも一人で入ることは厳禁だったが、見慣れた伊賀者同心の姿である。奥女中たちに騒がれる心配はなかった。

「外には伊賀者結界がある。いかにかかわりを恐れたとはいえ、結界を破られては伊賀者の存続が危なくなる。逃しはせぬ」

　どれだけお庭番が優れていようとも、御広敷には当番だけで三十人近い伊賀者がいるのだ。とても逃げきれるものではなかった。

「見つけた」

　大奥の廊下は、迷路のような造りのために犠牲を出した振り袖火事の教訓をもとに、まっすぐに変更された。一兵の目に裾を乱して逃げる女中の背中が見えた。

　七つ口目がけて要は駆けていた。

　滝川の局から十分離れるまで待ってから、一兵は手裏剣を撃った。

「…………」

　後ろに目があるかのように、要がかわした。

「お返しよ」

　振り返った要が苦無を投げた。

「当たるか」

　身を滑らせて、一兵もかわした。

「しゃ、しゃ」

　続けて要が苦無を放った。

「なんの」

一兵はなんとか逃げた。

伊賀者の使う棒手裏剣ならば、先端が当たらない限り、傷つくことはない。だが、鋸のような歯を持つ苦無は、触れただけで肉を裂く。ぎりぎりでかわすわけにいかず、一兵の動きはどうしても大きなものにならざるを得なかった。

左右に身体を振ったことで、一兵の重心がずれた。

「はあっ」

一兵の歩を乱した要が、ふたたび背中を向けて逃走に入った。

「おのれっ」

一拍遅れた一兵は呪詛の言葉を吐きながら追ったが、大きな差をつけられていた。

「どけ」

七つ口にたどり着いた要が、前にいる女中を突き飛ばした。七つ口は御広敷番の管轄である。ここだけは、伊賀者結界が張られていなかった。

「なんだ」

当番の御広敷添番が驚愕している横を、疾風のように要は駆け、あっというまに門を出た。

「無念」

すぐあとに続いた一兵だったが、御広敷御門のところで、追うのをあきらめた。御広敷を出てしまえば、お庭番がどこにいても当然なのだ。

お庭番には役人たちの動向を探る江戸地回り御用というのがあった。身形を変えて探ることもある。要の姿は奇異のまなざしを招いても、咎めだてられはしなかった。

「報告をせねば……」

重い足取りで、一兵は詰め所へ入った。

「…………」

なかにいた百地玄斎が、無言で出て行った。

「やはり吾を生け贄に保身をはかる気だな」

伊賀組のなかで己が浮いていることを、一兵は思い知らされた。

「捕まえられなかったのか」

呼び出された大島が、これ以上ないという苦渋の表情を浮かべた。

「申しわけありませぬ。大奥を血で汚すわけに参りませず……」

「言いわけはよい」

詫びる一兵を、大島があっさりと断じた。

「で、懐妊の話はまちがいないのだな」

「おすわの方さまの口からお褥遠慮のお言葉が。それと滝川さまのご実家でそのようなお話を」

もう一度一兵は語った。

「すぐに手を打たねば……」

大島は一兵のことなど忘れたかのように、なにも言わず大奥へと消えていった。

「やはり懐妊していたのか」

人払いした己の局で、大島から聞かされた飛鳥井が、大きく嘆息していた。

「いかがいたしましょうや」

「なにができるというのじゃ。上様のお子ぞ。手出ししたとばれれば、逆さはりつけぞ」

飛鳥井が大島をにらみつけた。

「それでは、我らは……」

大島が泣きそうな顔をした。

順位を抜かされた滝川は、飛鳥井のことを深く恨んでいた。おすわの方が子を産めば、それを後ろ盾にして滝川が大奥の権力を握ることになる。となれば、飛鳥井とその配下である大島がどのような目に遭うかはあきらかであった。

「情けない顔をするな。あとは、妾に任せ、そなたは、任へ戻れ」

「はい」

叱られて大島が、飛鳥井のもとを離れた。

「おすわの方懐妊の話を公にする」

局で一人になった飛鳥井が呟いた。公家の娘というだけで上臈になれるほど大奥は甘くない。飛鳥井は同僚を蹴おとすだけの冷酷さをもっていた。

「上様第一の寵姫の座を脅かす女を、お千穂の方さまが、後ろ盾の高岳さまが、許されるかの。妾も一蓮托生じゃ。肚をすえるか」

飛鳥井が冷たい声で独りごちた。

第三章　血筋争奪

一

松平越中守定信が告げるより早く、側室おすわの方の懐妊は十代将軍家治の耳に届いた。

「まことであるか」

おすわの方を閨へ呼ぼうと大奥小座敷へ入った家治は、代わりに伺候した上臈滝川より、お褥遠慮の申し出を聞かされ、すぐにその意味を理解した。

「奥医師の診たてもそのようでございまする」

滝川が述べた。

「そうか。そうか。すわが、躬の胤を孕んだか」

日頃あまり感情を表すことのない家治が喜びをあらわにした。

「おすわの様子はどうじゃ」

「健勝ではございまするが、大事を取って局で寝んでおりまする」

問いに滝川が答えた。

「それでよい。子がついた直後は、流れやすいという」

家治が首肯した。

「見舞ってやりたいが、障りはないか」

「畏れ多いことではございまするが、おすわも喜びまする」

気遣わしげな家治の言葉に、滝川がうなずいた。

「案内いたせ」

「お待ちくださいませ」

立ちあがった家治を、添い寝役の中臈が止めた。

「なんじゃ」

「上様がお腹さまでもない中臈の見舞いに、局までお出向きになるなど、前例がございませぬ」

添い寝役の中臈が指摘した。

「いかぬのか」

家治が滝川を見た。

「そなた、上様の思し召しに逆らうか」

滝川が添い寝役の中臈を怒鳴りつけた。

添い寝役の中臈とは、将軍が御台所以外の女と同衾するとき、同じ小座敷で寝ずの番をする大奥女中のことである。

夜中の御用に備えると同時に、側室が睦言で身内の出世や罪の放免などをねだらぬかどうか監視した。

その役目の趣旨から、同衾する側室とは別の局に属する者が選ばれた。

「ここは大奥でございまする。たとえ上様であらせられましょうとも、定めにはしたがっていただかねばなりませぬ」

添い寝役の中臈が、滝川へ顔を向けた。家治ではなく滝川へ話しているという体を取り、将軍へ逆らう形を避けた。

「そなた、名は。どこの部屋子じゃ」

冷たい声で滝川が問うた。

「桂木と申しまする。高岳さまの局に属しておりまする」

添い寝役の中臈が答えた。

「……高岳か」

聞いた滝川が苦い顔をした。

高岳は、大奥筆頭上臈である。第四位である滝川とは、その権において大きな差があった。

「よいのか。おすわの方さまが、男子をご出生なされば十一代さまぞ。今ならば、忘れてくれる。邪魔だてをいたすな」

「まだ若さまか、姫さまか、わからぬどころか、お生まれでもございませぬ。そのうちから、お腹さま同様の扱いは、大奥の乱れを呼びましょう」

滝川の脅しにも、桂木は屈しなかった。

「もうよい」

にらみ合う二人の女の間に、家治が割って入った。

「すわの見舞いはあきらめるとする」

「ご賢明なご判断、畏れ入り奉りまする」

桂木が平伏した。

「高岳をこれへ」

家治が小座敷下段隅で控えていた女坊主へ命じた。

「ただちに」

急ぎ足で女坊主が、お小座敷を出て行った。

大奥は江戸城本丸のほぼ半分を占める。中奥に近い小座敷から、上臈や中臈の住む長局(ながつぼね)まではかなり離れていた。

半刻(とき)(約一時間)以上経って、ようやく高岳が小座敷へ伺候した。

「お呼びと伺い、参上つかまつりましてございまする」

小座敷下段の間中央まで進んで、高岳が平伏した。

「高岳どの。上様をお待たせするにもほどがございましょう。ずいぶんと化粧が濃いように見受けられまするが、いったいなにを手間取っておられたのやら」

滝川が家治よりも早く口を開いた。

「おお。そこにいたのは、滝川か。影が薄うて気がつかなかったわ」

高岳が嫌みを返した。

「無礼な」

皮肉(ひにく)られた滝川が腰を浮かせた。

「なんじゃ」

応じて高岳も膝(ひざ)を進めた。

「やめよ」

あきれた家治が抑えた。

「そなたたちは上﨟ぞ。大奥の女中どもの規範とならねばならぬ。諍(いさか)いなど論外である」

「はっ」

「申しわけございませぬ」

たしなめられて、高岳と滝川が頭を下げた。

「そなたを呼んだのは他でもない。すわが孕んだそうだ」

「すわが懐妊したと仰せられましたか」

知っていながら、高岳がとぼけた。

「うむ。先ほど滝川を通じて、褥遠慮の申し出があった」

うれしそうに家治が告げた。

「しばしお待ちを願いまする」

家治から高岳は目を滝川へと移した。

「上様よりたまわったご諚(じょう)であるが、真(まこと)か」

「真実なり。すでに奥医師の確認もすんでおる。まちがいなく、おすわの方さまは」

そこで一度滝川は言葉を切り、深く一礼した。

「おすわの方さまは、上様のお胤を宿しておられまする」

滝川はすわに敬称をつけることで、ことをさらに強調して見せた。

「嘘偽りであったとき、その咎はそなただけでなく、すわにも及ぶ。いや、その方たちの実家も罪に問われることになるぞ」

しつこく高岳が念を押した。

「上様へご報告申しあげた。それ以上、なんの保証が要ると」

滝川が詰問を撥ね返した。

「高岳。躬の慶事である。喜んでくれい」

「これは、畏れ入りまする。おめでとうございまする」

家治に言われて、高岳が祝賀を述べた。

「すわの見舞いに行きたいと思ったが、ならぬという。ねぎらってやりたいが、ここまで来させるのも、子を孕んだ身には辛かろう。すわに会うのは、落ち着くまで待とう」

「お優しきかな。すわ、聞きまして感涙にむせぶことでございましょう」

高岳が応じた。

「なんといっても、躬にとってずいぶんと久しぶりの子である。世継ぎのない今、無事に誕生してくれることを躬は望む。ついては、少し早いが、すわを北の長局、七宝の間へ移すよう」

「上様、それは……」

あわてて高岳が止めようとした。

「聞かぬ。これは躬の命である」

厳しく家治が宣した。

「……承知いたしましてございまする。近き吉日を選び、おすわの方さまを七宝の間へとお移し申しあげまする」

重い声で、高岳がすわに敬称をつけた。

七宝の間とは、将軍の子を妊娠した側室が腹帯をすませたあとに移り住む産室であった。冬の寒さや雨風がとおらぬよう、畳や襖も分厚いものが用いられているだけでなく、周りを女中たちの詰め所で囲むなど、妊婦にとって至れり尽くせりとなっていた。また、小座敷にも近く、御台所も懐妊した場合は、七宝の間で出産までを過ごした。

七宝の間へ入れる。それはすなわちお腹さまとして遇せと家治が宣したのも同然であった。

「これで、次はすわを見舞ってやれる」

満足そうに家治が首肯した。

産室でもある七宝の間は、出産のとき以外ならば、将軍も出入りできた。

「かたじけなき思し召し。おすわの方さまになりかわって、御礼申しあげまする」

大仰に滝川が礼を述べた。

「二人とも御苦労であった。下がってよい。躬は休む」

家治が手を振った。

「誰かお褥へ参らせましょう」

高岳が述べた。

「要らぬ。すわに子ができたところだ。他の女どもを抱く気にはならぬ」

「しかし、お一人でお過ごしになるなど、大奥の先例にございませぬ」

しつこく高岳が食い下がった。

大奥はただ一人将軍のためにある。その大奥へ将軍が入ったというのに、女を抱かず独り寝をさせたなどと、表に聞こえれば、上臈の失点となりかねない。なにより、家治のお気に入りであるすわが、夜の相手をできぬときこそ、新しい寵姫を作る絶好の機会である。己の息がかかった者を家治のもとへ送りこみたい高岳が必死になった。

「なにとぞ、他の者をお召しに」

「上様はご入り用でないと仰せであるぞ」

滝川が高岳を抑えるように述べた。

「黙れ。これは大奥のあり方にまで及ぶことぞ。それさえわからぬ小者が、口を挟むな」

高岳が一蹴した。

「もうよい」

苦い顔で家治が制した。

「側室の添い寝がなければ、躬は寝ることさえできぬのか。ならば、中奥へ戻る」

不機嫌な顔で家治が立ちあがった。

「う、上様。お、お待ちを」

あわてて高岳が家治の前へ回りこんだ。一度大奥へ入った将軍に帰られては、それこそ大奥を取り締まる筆頭上臈高岳の面目はなくなる。

「……………」

冷たい目で家治が高岳を見下ろした。

「ならば、一人で寝させるか」

「それは……」

高岳が口ごもった。

「中奥へ戻る。滝川、手配を致せ」

「承りましてございまする」

滝川が一礼した。

「……やむをえませぬ。上様、今宵は誰一人お側に寄せませぬゆえ、なにとぞ、夜が明けるまで、大奥でお過ごしくださいますよう」

無念そうに高岳が折れた。

将軍が大奥へ入った夜は、御広敷伊賀者の緊張も違った。

「半刻（約一時間）ごとに、一人巡回をさせる。半刻経っても、回ってこなければ、何かあったと思え。決して油断をするな」

百地玄斎が注意を述べた。

大奥の警備を担う御広敷伊賀者の定員は多少の増減はあるが、おおよそ六十名であった。それが当番、非番、宿直番(とのい)の三つに分けられる。将軍が大奥へ入ってからの担当宿直番は、全員が一夜中一睡もすることなく、警戒を続けなければならなかった。

「このご時世に、上様のお命を狙(ねら)う輩(やから)などおるまいに」

与えられた部署へ向かいながら、伊賀者同心がぼやいた。

「聞こえるぞ。組頭の耳に入れば、怒鳴りつけられる」

やはり持ち場へと向かう同僚がたしなめた。

「しかし、おぬしの言うとおりであるな。こうやって三日に一度、徹夜で外に立つ苦労は、たまらぬ」

「であろう」

同意した同僚に勢いづいた伊賀者同心がさらに続けた。

「なにもせず、一日遊んでいながら、何千石という禄(ろく)をいただいている旗本がいるというに、我らはたった三十俵三人扶持で、夜なべ仕事。割に合わぬ」

「それはまったくそのとおりだ」

同僚もうなずいた。

「血を吐く鍛錬の末、常人ではいきつかぬ技を身につけてもまともな生活さえできぬ。薄禄に忠義と勤勉を求められてもなあ」

「一兵のように、大奥へ雇われるか」

重ねて不満を漏らす伊賀者同心へ、同僚が言った。

「……一兵か。たしかに宿直などの勤番から外されておるようだが、命をかけさせられているというではないか。わずかな金でそれは勘弁だの」

伊賀者同心が首を振った。

「今日、組頭がいつもよりきつく言われたのも、一兵にかかわりがあるそうではないか」

「おお。儂もそう聞いた。なんでも、大奥へ曲者の侵入があったそうだ」

足を止めた伊賀者同心が話した。

「それを一兵が追い出した。しかし、逃げられたと」

同僚が述べた。

「逃がした一兵も情けないが、入りこまれたことこそ問題よな」

「厳しく御広敷番頭さまから、組頭は叱責されたそうだ。もっとも、それだけで終わったがの。最初に女に化けたお庭番を通したのは、御広敷番じゃ。表沙汰になれば、御広敷番は切腹、番頭は放逐じゃ。幸い、なにも被害がなかったから、これですんだが……もし、大奥の女中一人でも死んでいたら……」

「御広敷伊賀者も吹き飛んでいたな」

二人が顔を見合わせた。

「話は変わるが、聞いたか」

声を潜めて同僚が問いかけた。

「おすわの方さまご懐妊のことか」

伊賀者同心がささやいた。

「うむ。上様にはお世継ぎがおられぬ。家基さまが亡くなられて、今更上様にお子様はできまいと、田沼主殿頭さまらは、御三卿一橋家から十一代さまを迎えられる用意を整えられている」

「そこへ、ご側室さまに子ができた」

「先日の侵入者も……」

同僚が息をのんだ。

「難しいことになりそうだの」

小さな声で伊賀者同心が述べた。

「先々のことを思えば、どうなのだろうか。おすわの方さまを守るのは、田沼さまのご意向に……」

言った伊賀者同心が、震えた。

「よせ。その先は口にするな。御広敷伊賀者は、大奥の警固を任としているのだ。それ以上のことに手出しをするなど、身分不相応だぞ」

二人の背後に、いつの間にか百地玄斎が立っていた。

「組頭」

あわてて二人が背筋を伸ばした。

「馬鹿なことは考えるな。伊賀はただ命じられたことをこなしておけばいい。いいか、一度でも穴を開けてしまえば、二度と伊賀は信ある役目に就くことはかなわぬ。次の将軍にどなたがなられようとも、伊賀には関係がない。勝ち馬に乗ろうとするな。いや、馬に乗れるほど、伊賀は重い立場ではない。使い捨てされるよりは、子供に譲ることのできる禄があるだけましであろう」

「たしかに」

「仰せの通りでござる」

二人が首肯した。

「果たせぬ夢に振り回されるのは、一兵一人でいい」

表情をなくした顔で、百地玄斎が小さく漏らした。

二

一兵はお庭番和多田要を逃がしてから、ずっと緊張していた。あからさまに和多田の任を阻害したたけでなく、手裏剣を投げて敵対したのだ。

「いつ襲い来るか」

忍の戦いに正々堂々などなかった。

厠のなか、女を抱いているとき、睡眠中、気が緩んだ瞬間、敵の刃が己を貫く。

「さすがに四谷の伊賀者組屋敷までは来ないだろうが……」

いまや唯一安息の場となった居室で、一兵は夜具にくるまっていた。

伊賀者の組屋敷は狭い。台所土間、それに続く板の間と二つの座敷しかない。一間を当主である一兵が使い、残りの一間に隠居した父と母、そして妹が寝ている。襖一つしか隔てるものがないだけに、一兵はまだ父が寝ていないことに気づいていた。

一兵は静かに夜具から起きあがると、台所へ降りた。壺から柄杓で水を掬うと、そのまま口をつけた。

「眠れぬようだな」

そこへ父がやって来た。まだ身体が動くうちに家督を譲る。体力が命の忍独特の慣習にしたがって隠居した父は、まだ四十をこえたばかりで、一兵よりもがっしりとしていた。

「悩みか」

隠居して山斎と称している一兵の父が、板の間へ腰を下ろした。

「話を聞いてやるくらいならできるぞ」

「………」

水に濡れた口を寝間着の袖で拭って、一兵は山斎の隣へ座った。

「怖れを知ったな」

山斎が言った。

「はい」

「ようやく、そこに至ったか」

認めた一兵を見て山斎が笑った。

「どういうことでございましょう」

一兵は首をかしげた。

「怖れを知らぬ忍は、役に立たぬ」

山斎が述べた。

「今でこそ忍本来の役目である隠密は、お庭番に奪われてしまったが、本来は伊賀のもの。隠密がどのようなものか、一兵は知っておるか」

「敵地に忍び、いろいろなことを探って来る……でございましょう」

「そうだ」

山斎がうなずいた。

「敵情を探るのが隠密の任である。しかし、それ以上にたいせつな役目がある」

「それ以上に……」

わからないと一兵は問うた。

「生きて帰ることだ。せっかく手に入れた秘事も、伝えられなければ意味をなさない」

「なるほど」

一兵は納得した。

「そのために怖れが要るのだ。あと少しで、もっと大きなものを手に入れられると思い、一歩踏み出して死んでいった忍は多い。これは、まったく意味をなさないのだ。死んでしまえば、それまでに得たすべても無になる。無謀なまねをする前に踏みとどまるだけの怖れをもてる者だけが、真の忍となる」

力強く山斎が述べた。

「一兵、相手が己より強いのならば逃げろ。相手に勝てるようになるまで逃げ回れ。敵に背中を見せるのは恥ではない。勝てぬ戦いに臨んで死ぬほどの醜態(しゅうたい)はない」

「勝てるようになるまで逃げる」

「それが忍の本分だ」

山斎が立ちあがった。

「夜になると冷えるな。儂はもう寝る。御当主どのも休まれるがいい」

「今ひとつ……」

一兵の声に、寝室へ向かいかけた山斎が立ち止まった。

「家督を譲った以上、御厨の家をどうするかについて、隠居がなにかを申しあげることはござらぬ。思うがままになされるがよろしい」

武家で当主にまさる者はいない。山斎が隠居の立場で、ていねいな言葉で告げた。

「……父上」

「無理はするな」

父の声に戻った山斎が、襖の向こうへと消えた。

「眠れそうだ」

一兵も夜具へと潜りこんだ。


お庭番和多田要からおすわの方懐妊の話を聞いた松平越中守定信は、生まれてくる子供の引目となるべく、家治のもとへ伺候した。

「おめでとうございまする」

将軍家お休息の間へ通された松平定信は、下段の間中央で平伏した。

「さすがは越中だの。耳が早い」

家治がほほえんだ。

「躬でさえ、昨夜、滝川から聞かされたばかりだぞ」

「上様、そのお話は……」

臨席していた小姓組頭、側役などが驚愕した。

「皆も喜んでくれい。すわが懐妊いたした」

「おめでとうございまする」

「慶賀の至りと存知あげまする」

一同が祝いを述べた。

「皆の気持ち、うれしく思うぞ」

上機嫌で家治が頰を緩めた。

「ただちに御用部屋へ……」

小姓組頭がお休息の間を出て行った。

将軍の側室が妊娠したとなれば、なにかと準備しなければならなかった。諸大名、旗本への発布、新しく生まれてくる子供の住まい、お付きの者や、乳母の手配、社寺への安産祈願など、することは山ほどあった。

「上様」

沸き立つお休息の間で一人冷静を保っていた松平定信が、少し大きめの声を出した。

「おおっ。すまなかった。越中のことを忘れていたわけではない。で、何用だ」

詫びを口にして、家治が訊いた。

「お願いがあって参上つかまつりました。このたび、おすわの方さまが、お腹に宿られたお子さまの引目役を、なにとぞ、わたくしめへお命じくださいますよう」

松平定信が平伏した。

「まだ無事に生まれるかどうかもわからぬときから、やってくれると申すか」

家治が身を乗り出した。

「上様のお世継ぎ、十一代さまとなられるお方の引目として、不足な吾が身ではございまするが、なにとぞ願わしく」

もう一度松平定信が願った。

引目とは、将軍の子供が生まれてすぐのお披露目で従う大名のことである。親代わりとまではいかないが、生まれた子供へ大きな影響を持てた。

家治の嫡男で死亡した家基の場合酒井雅楽頭忠香が、家治のおりは、松平左近将監乗邑であったように、将軍世子の引目はときの老中筆頭あるいは大老が選ばれる慣例となっていた。

「上様。お引目は田沼主殿頭が任ではないかと」

側役が口を挟んだ。

お休息の間では、たとえ大老であろうが敬称をつけない。

「…………」

あからさまに田沼主殿頭意次の味方をした側役を、松平定信がじっと見た。

「……うっ」

松平定信ににらまれた側役がうろたえた。

「たしかに主殿頭がもっともふさわしいやも知れぬ。だが、躬は最初に祝いを述べてくれた越中へ任せたいと思う」

「ありがたき仰せ。この越中、身命をとしまして、引目役を務めさせていただきます
る」

新たな邪魔が入る前にと松平定信が受けた。

「任せるぞ」

家治がうなずいた。

「では、これにて。本日は真におめでとうございまする」

目的を果たした、松平定信がお休息の間を後にした。

松平定信の去った直後、側役がお祝いに沸くお休息の間をそっと出て行った。

「主殿頭さまへ」

側役は御用部屋にいる田沼意次への面会を求めた。御用部屋は老中、奥右筆以外の
立ち入りが許されていない。将軍側近の側役でも、外で待つしかなかった。

「なにかござったのかの」

小半刻（約三十分）ほどして、田沼意次が御用部屋を出てきた。

「ご報告をと思いまして。さきほど松平越中守が……」

側役が、お休息の間であったことをしゃべった。

「越中守どのが、引目をなさる。それはよい。お血筋の御三家や御三卿は、引目になることができぬ。臣下にだけ許された栄、それに越中守どのはふさわしい。いつまでも田安家の出だと言ってもしかたない。越中守どのは、臣下という己の地位に気づかれた。結構なことではないか」

聞き終わった田沼意次がほほえんだ。

「な、なるほど。さようでございまする」

報告に来た側役が、同意しながらも震えた。

御三卿筆頭田安家出身の松平定信を、一門とはいえ家臣でしかない白河松平へ養子に出したのが、田沼意次である。賢しげに政へ口を出そうとした八代将軍吉宗の孫を田沼意次が嫌い、十一代将軍の候補から追い出した十代将軍家治の寵臣を松平定信は憎んでいる。二人の関係が悪いことを誰もが知っていた。

いつまでも吉宗の孫という血筋を自慢している松平定信を田沼主殿頭が痛烈に皮肉った。

「ご苦労でござった。貴殿のご厚意、この主殿頭、しかと覚えておく」

「かたじけなき」

あわてて頭を下げる側役を残して、用はすんだと田沼意次が御用部屋へと帰った。

屋敷へ戻った松平定信は、和多田要の名前を呼んだ。

「これに」

天井板が一枚外され、お庭番和多田要が降りてきた。

「本日上様より、新しき和子さまの引目役、お許しいただいた」

「おめでとうございまする」

「うむ。誰よりも早かったおかげである。和多田、褒めて取らす」

満足げに松平定信が、和多田要をほめた。

「では……」

和多田要が期待の声を出した。

「若君さま誕生であれば、和多田家を十一代将軍のお庭番として、江戸城へ返す」

「ははっ」

和多田要が平伏した。

吉宗は己の血を引く子孫たちの警固としてお庭番を一家ずつつけた。ただ、条件があった。吉宗の孫までで、以降は廃止されるのだ。当然、つけられていたお庭番の身分も変わり、幕臣旗本からつけられた家の家臣になる。

田安家から白河へ養子に出た定信についてきた和多田家も、定信が隠居すれば、お庭番の地位を離れ、白河の家臣となる。旗本から陪臣への転落は、大きな格下げであった。

「和多田」

松平定信が、口調を厳しいものへと変えた。

「そなたを大奥から追い出した伊賀者だが、どのような輩か」

「御厨一兵と申す、まだ若い伊賀者同心でございまする。大奥の表使い大島に目をかけられておるとか」

問われて和多田要が答えた。

「調べたか」

「はい。小網町の弥蔵と申す地回りの家で出会ってすぐに」

敵をどこまで知り尽くせるか、忍同士の戦いで勝利を左右するのは、技でも武器でもなかった。どれだけ敵のことを理解しているかが勝負を分けた。

「……大奥の手か」

難しい顔を松平定信が見せた。

「もともと御広敷伊賀者は大奥の警固を任といたしておりまする。御厨は、その延長にすぎますまい」

和多田要が述べた。

「そう単純ではないわ。御広敷伊賀者は、大奥全体を守護している。しかし、その御厨とか申す伊賀者が、二度もそなたの前に立ちふさがった。これは当番制ではありえぬ。その伊賀者は、大奥のなかの誰か、おそらく余と最初に敵対した飛鳥井の手の者に使われているのだろう」

「飛鳥井がおすわの方さまと敵対すると仰せで」

すぐに和多田要が気づいた。

「直接ではなかろう。飛鳥井の腹心と言われている表使いの大島だろう。その後ろに飛鳥井がおる。飛鳥井とおすわの方さまの部屋親滝川は仇敵同然だという。権を求めての戦いは表も激しいが、大奥はその上を行く。上様の寵を奪い合う女の争いは、それこそ相手を殺すことさえ厭わぬ」

「側室さまを殺すなど、明らかになれば、吾が身のみならず、実家まで潰されましょうに」

和多田要が目をむいた。

「大奥のなかであったことは、表に出ぬ。男子禁制なのだ。目付であろうとも大奥へ入ることは許されぬ。奥医師を抱きこんでしまえば、どうとでもなる。過去、どれだけの女が心の臓の発作で死んだか、数えるのも嫌になるほどらしい」

淡々と松平定信が言った。

「…………」

和多田要が沈黙した。

「大島とおすわの方さまのかかわりだが……誰かおらぬか」

松平定信が文机の上に置かれていた鈴を鳴らした。

「これに」

控えていた小姓が顔を出した。ちらと和多田に目をやったが、見慣れた風景だとそれ以上はなにも反応しなかった。

「須之内をこれへ」

「留守居役の須之内玄右衛門をでございまするか。ただちに」

小姓が下がった。

「お呼びとうかがい参上いたしましてございまする」

待つほどもなく須之内が、廊下で手をついた。

「うむ。大奥の表使い大島を存知おるか」

「はい。表使いは、大奥と外を繋ぐお役目。何度かお目にかかったことがございまする」

須之内がうなずいた。

留守居役は、幕府との折衝、他藩との交際などの外交を一手に担う。当然、幕政に大きな影響を及ぼす大奥とのつきあいもあった。

「どのような者だ」

「さようでございますな。頭のよいお方と表現するのがもっとも的確かと」

問われた須之内が述べた。

「頭のよい女か」

松平定信が繰り返した。

大奥の人と物の出入りを監督する表使いの定員は五名だが、滝川格下げの影響で一人外れ、現在は四人しかいない。その四人のなかで、大島ほど役目に通じている者はおらず、他の表使いたちは名前だけのものとなっていた。

「賢い者を、男でも女でも敵にするのは面倒だ」

松平定信が苦い顔をした。

「わかった。ご苦労であった」

下がっていいと松平定信が須之内へ、手を振った。

「殿、おすわの方さまへのご懐妊お祝いはいかがいたしましょう」

須之内が尋ねた。

「なにかを付けて百両ほど届けておけ。ああ、菓子などの食べものは、止めよ。なにかあったときに、疑いをかけられてはまずい」

「承知いたしましてございまする。では、小間物などとともに、五菜を通じまして、お渡しいたしておきまする」

了解したと須之内が首肯した。

「金を惜しむなよ」

「では」

一度も和多田要と目をあわせることなく、須之内が去っていった。

「聞いていたな」

「はい」

言われて和多田要がうなずいた。

「……大島と御厨を排しまするか」

最後まで告げられない松平定信の命を和多田要が確認した。

「……………」

無言で松平定信が首肯した。

「なんとしてもおすわの方には、男子を産んでもらわなければの。いや、御三家から養子を取ればすむゆえ姫でもよいが、無事に誕生していただかぬことには、余の目的は達せられぬ。あの憎き主殿頭へ、賄賂まで贈って機嫌をとっているのは、この手で幕政を思うがままにしたいがため。その大きな手助けとなる上様の和子ぞ。死なせてたまるか」

松平定信が興奮した。

「怖れは芽のうちに、摘んでおくべきなのだ。なにがあっても家基さまの二の舞は避けねばならぬ」

家治の嫡男で、吉宗の再来とまで言われた家基は、品川へ狩りに出た帰り、原因不明の病を発現し、帰らぬ人となっていた。松平定信以上に田沼意次の政を非難していた家基の急死は、当初から謀殺と囁かれていた。

「まずは伊賀者を排除せい。手足を失えば、大島の動きはあるていど制することができよう。そのあいだに、吾が手の者を大奥へ入れる」

「承知」

一礼して、和多田要が天井裏へと消えた。

三

お庭番和多田要がつぶやいた。

「さすがに厳しいか」

四谷の伊賀者組屋敷から二筋離れたところで、お庭番和多田要がつぶやいた。

「角ごとに目がある。入りこむのは無理だな。一人を倒している間に、周囲に気づかれる」

夜目(よめ)の利く和多田の目には、角で寝ずの番をしている伊賀者たちが、張り巡らされた紐(ひも)に手をかけているのが映っていた。

「誰かが手を離せば、紐の張りが変わる。一人でもみょうな動きをすれば、すぐに残りの三人に知られる。よく考えてあるな」

和多田が感心した。

「出てくるのを待つしかないか」

すっと和多田が闇(やみ)へ溶けた。

「行ったか」

紐を握っていた一人が呟いた。

共に忍なのだ。見られていることに気づいて当然であった。

「何者か」

別の角を警戒していた伊賀者が、首をかしげた。

「甲賀か、お庭番であろう。上杉の軒猿、伊達の黒はばき組はすでに滅んでいる」

「薩摩ではないのか」

「捨てかまりは、薩摩の藩領を守るのが任。外へ出ることはないというぞ」

別の角に潜む伊賀者が口を挟んだ。

「とにかく、侵入しようとせぬかぎり、放っておくのがよかろう。伊賀の実力を知られるのはまずいと組頭さまが言っておられた。伊賀者が未だ堅い結束を持っていると知られるのは、なおよろしくないともな」

最初の伊賀者が告げた。慶長十年（一六〇五）、待遇改善を求めて蜂起した伊賀者の反乱を幕府が制圧するのに、数カ月かかった。これは忍の技の凄さもあるが、なにより伊賀者が一枚岩であったことが大きい。そのため乱のあと、伊賀者は一つであった組を四つに分断されるという罰を受けている。もし、その分断が意味のないものと知られれば、幕府が新たな手を打ってくるかも知れないのだ。

「わかった」

「だの」

伊賀者たちが同意し、ふたたび四谷の組屋敷は静寂を取り戻した。

翌朝、一兵はやや寝不足気味で重い頭を振って、御広敷へと出務した。

「逢い引きか」

御広敷伊賀者詰め所へ足を踏み入れた御厨一兵を、同僚だった柘植源五がからかった。

「冗談を言うな」

一兵は嘆息した。

「いいではないか。大島さまはなかなかの美形ぞ。頭の薄くなった組頭に会うよりましであろう。あの紅に染まった唇から出た命ならば、なにがあっても果たそうという気になるではないか」

柘植源五が、一兵の肩に手をかけた。

「そういいものではないぞ」

一兵は柘植源五の手を払った。

月に一両二分の手当しかもらってないのだ。もちろん伊賀者として与えられている本禄はあるが、余得を取りあげられている。損得でいけば、命を賭ける羽目になったぶん、割があわないと一兵は感じていた。

「先は、旗本になれるそうだな。伊賀者から抜けるか」

柘植源五の声に嫉妬の色が加わった。

「くっ」

一兵はうめいた。伊賀者同心として、己一人が浮きあがっているとあらためて知らされた気分は、よいものではない。

「いつのことかわからぬのだぞ。なにより、命を落としては意味がない」

うらやむ柘植源五へ、一兵は首を振った。

「阿呆。命を賭けて戦場で戦えばこそ、旗本たちは禄を得たのだ。なにもなく、もらえたわけではないだろう。我らには、その命を賭ける機会さえ与えられていないのだぞ。文句があるなら言え。代わってやる」

正論を柘植源五がぶつけてきた。

「…………」

一兵は言い返せなかった。

「宿直番だったのだ。帰る」

不機嫌になった柘植源五が、詰め所を出て行った。

「覚悟がなかったか」

残された一兵は呟いた。

「ご錠口開きまする」

そこへ大奥側から声がかかった。

「承って候」

大島が下のご錠口を使って、伊賀者詰め所へ出てくる合図である。あわてて一兵は応答した。

「御厨おるか」

「これに控えておりまする」

一兵が応えた。

「なにかあるか」

あいさつどころかねぎらいもなく、大島が訊いた。

「松平越中守さまが、上様へおすわの方さまお腹の和子さまの引目役を願われたそうでございまする」

すでに表では噂になっているが、念のためと一兵は報告した。

「知っておる」

苦く頬をゆがめて大島が応じた。

「他には」

「とりたててこれといったものはございませぬ」

手をついたまま、一兵が首を振った。

「役立たずめが……」

大島が罵(ののし)った。

「…………」

一兵は黙った。

先日大奥へ忍びこんだお庭番を始末できなかったのが、まだ尾を引いていた。

「なんのために、そなたに金を渡しているのだ。こういうときのためであろう」

「申しわけございませぬ」

言いたいことはあったが、反論せず、一兵は詫びた。

「なにかご命は」

今度は一兵が尋ねた。

「ない」

冷たく大島が言った。

「たまには、命じられるだけでなく、先回りして探ってきてはどうなのだ。越中守の屋敷を見張っておれば、誰が来たかくらいはわかろう。主殿頭さまから越中守へ乗り換えようとする愚か者の名前を書き出す。あるいは、越中守がおすわについてどのような援助をするか、屋敷の天井にでも潜み、聞いて参れ。それくらい、忍ならばできよう。少しは、己の頭で考えよ」

甲高い声で大島がまくし立てた。叱られながら一兵は、よく動く太い大島の眉を見ていた。美人が怒るとより怖いものだなと一兵は、他人ごとのように思った。

「気がつきませず」

大島の叱声がおさまるのを待って、一兵は頭を下げた。

「ふん。次に会うときには、なにかしらの成果を聞きたいものよ」

大きく裾を翻して、大島が大奥へと戻っていった。

平伏して見送った一兵は、大奥側のご錠口が閉まるなり、ぼやいた。

「忍に判断を求められても困る。忍は、命じられたことをこなすのが任。己の判断で動いてはならぬもの」

一兵は嘆息した。忍に思案は許されていない。勝手なまねは、情報の信頼度を下げるだけでなく、予定外の結果をもたらしかねないのだ。

「大島どのが頭で、拙者が手足。手足が勝手に動いては、転ぶぞ」

立ちあがった一兵は、独りごちた。

「といったところで、宮仕えの身。金主の意向には逆らえぬ」

一兵は御広敷を後にした。

「越中守さまの上屋敷は八丁堀か」

江戸城大手門から八丁堀までは近い。一兵は伊賀者同心のお仕着せである黒の小紋付羽織を裏返した。

裏返した羽織は、細かい縞の入った灰色をしていた。これで尻端折りを降ろせば、どこぞの小藩の藩士風となる。江戸でもっとも目立たない格好に一兵は変じた。

町奉行所の与力同心の屋敷が建ち並ぶなか、ひときわ目立つ大屋根が一兵の目に映った。

「あれか」

譜代名門十五万石の白河藩松平家上屋敷は、広大な規模を誇っていた。

「見張りにくいところだ」

一兵は眉をひそめた。

場所がよくなかった。町方と呼ばれる与力同心の屋敷が八丁堀に固まっていた。三百近い屋敷があるだけ人も住んでいる。与力同心は町奉行所へ出向いているとはいえ、家族や使用人は、組屋敷にいる。だけでなく出入りするのだ。じっと松平家の上屋敷をうかがっていれば、嫌でも目につく。怪しんでくれと言っているのも同然であった。

「どうするか」

悩んだ一兵は思いきった手に出た。

「外なればこそ、他人目がある。なかへ入れば、いい」

すばやく左右へ目を走らせた一兵は、音もなく松平家の塀へと跳びあがった。そのまま屋敷のなかへと姿を隠した。

「馬鹿な……」

朝からずっと一兵のあとをつけていた和多田要が絶句した。

「越中守さまのお屋敷へ入りこむとは、何をする気だ」

和多田要が首をかしげた。

「御広敷へ行って、その足でここへ来ている。表使い大島から、なにか命じられた……越中守さまのことを探る……いや、まさか、越中守さまを害する気か」

一瞬で、和多田要の雰囲気が変わった。子孫を守るためにとつけられたお庭番である。その守るべき松平定信を殺されてしまえば、面目まる潰れどころの話ではなかった。和多田要が腹切って終わりではない。お庭番全体の信用が地に落ちる。

「先手を打ったか、大島」

狙えば狙われる。和多田要がすさまじい形相となった。

「させぬ」

一兵のあとを追って和多田要が、松平家上屋敷の塀をこえた。

敷地に入った一兵は、門を見渡せる場所として、母屋の屋根を選んだ。

「ここならば、見つかるまい」

一兵は、腹ばいになった。

「どうやら松平越中守さまは、おられぬようだな。またぞろお城へ上がってござるか」

藩主が在しているか、外出しているかで、邸内の緊張はずいぶん違う。一目でわかるほど、小者たちの緊張が変わった。

「お役目に就いているわけでもないに、ご熱心なことだ」

小さく一兵は嗤った。

譜代大名の出世には、おおむね形があった。家督相続をした後、まず奏者番に任じられ、そこから寺社奉行を経て、お側御用取次、若年寄へと移り、大坂城代、京都所司代などを歴任して老中と登っていく。

しかし、八代将軍吉宗直系の子孫である松平定信には、それが適用されなかった。いや、役目に就くことができない決まりがあった。

将軍家の血を引く者は、執政になれないのだ。徳川家康の時代から、一族は広大な領地をもらうかわり、政にかかわらないとの不文律があった。これは、一人に権力が集中するのを避けるためであった。家康の血を引く執政が生まれれば、その者を将軍にしようとする輩が出てきかねない。

将軍と執政が、権力を奪い合って争うようになれば、幕府はもたない。

「十一代将軍となって、八代将軍吉宗さまのように、みずから政をおこなおうとされていたらしいが、追い出されてしまったのは、己の油断であろう。たしかに田沼主殿頭さまの策謀があったとはいえ、その恨みを晴らすため政を手に入れようなど、我らにとっては迷惑な話でしかない」

松平定信の執念を、一兵は笑った。

これは一人一兵だけの感想ではなかった。田安家から白河へと出された当初、どこの大名も旗本も、松平定信を相手にしていなかった。

一世を風靡している寵臣田沼主殿頭意次に嫌われた松平定信へ近づくことは、己の身の破滅につながる。いつの世でも同じだが、為政者というのは、敵対する者に容赦はしない。

「田沼主殿頭さまも甘いな。さすがにご一門にとどめをさすことはできぬかも知れぬが……松平ではなく、どこぞの外様大名の養子にしておけば、どうあがいても執政になれぬものを」

外様大名は、幕政にかかわれない。これも幕府の祖法であった。

「中途半端な始末が、のちのち響かねばいいが」

一兵は独りごちた。

大島をつうじてとはいえ、一兵は田沼主殿頭の派に属している。任を達した後に約束された旗本への登用も、大島ではなく、田沼主殿頭の力で果たされるのだ。田沼主殿頭の失脚は、一兵にも大きな影響を与える。

もっとも田沼は一兵の名前どころか、居るかどうかさえ知らないし、気にもとめてはいない。

「開門、開門を願おう。当方、松平土佐守にござる。越中守さまにお目にかかりたく参上つかまつった」

下が騒がしくなった。

「さっそくの来客か」

一兵は屋根の上からそっと顔を出した。

「柏の葉か。土佐の山内家だな」

駕籠につけられた紋を一兵は確認した。

土佐の山内家は外様でありながら、徳川にとって格別の相手であった。その起源は関ヶ原までさかのぼる。豊臣秀吉の死後、着々と天下支配に手を伸ばした徳川家康へ危惧を抱いた上杉景勝との対峙が発端であった。

上杉征伐の軍を起こした家康に従った遠江掛川城主山内一豊は、大坂で石田三成が挙兵したとの報に接した軍議の席上で、真っ先に家康へ与すると宣言した。これがきっかけとなり去就を決めかねている豊臣恩顧の大名たちも、一豊の発言に続き、家康の軍勢は一枚岩となった。

関ヶ原の合戦ののち、一豊の功を認めた家康は、土佐一国をもって褒賞とした。いわば、徳川の天下を決めたに等しい一言が、山内家を重用させたのである。また山内家も五万石から二十万石余へと、一気に五倍近い所領をくれた徳川家へ忠誠を尽くした。

外様ながら山内家の在(あ)りようは、幕府にとっても重要である。その山内家が、田沼主殿頭意次と敵対している松平越中守定信の屋敷を訪れた。この意味は大きかった。

山内家は、田沼主殿頭の世は終わり、つぎに松平定信の栄華が始まると考えていると公言したに等しいのだ。

屋根の上から松平定信の上屋敷へ出入りする者を見張っていた一兵が、意識を山内家の一行へ向けたのも無理からぬことであった。

「庇(ひさし)が邪魔で、見えぬ」

出てくるのが山内家の当主なのか、それとも名代なのか、一兵は確認すべく、屋根から身を乗り出した。当主が出てくるようならば、山内家が本気だとの証明になる。

「いた」

邸内を探していた和多田要が、一兵の姿を見つけた。

「生かして帰さぬ」

和多田要が、屋根へ向かって駆けだした。

忍としての鍛錬(たんれん)は、両指だけで屋根の庇から乗り出した身体を支えた。

それが幸いした。

「逃げたか」

屋根へ上がった和多田要は、一兵の姿を見失った。

「ばれた」

要のつぶやきが聞こえた一兵は、あわてて身体を小さく丸めた。

「そこか」

気配で気づいた要が、手裏剣を撃った。

「ちっ」

一兵は庇の裏へ身を沈めた。

お庭番の手裏剣は、薄い鉄の板を八角に切り抜いて刃を付けたものである。回転しながら飛んでくる手裏剣は、人体に当たれば、皮膚を裂き、血管を断つ必殺の威力をもつが、瓦屋根を貫く力はなかった。

家守のように這いつくばって、一兵は手裏剣の攻撃を避けた。

「届かぬと思うておるならば、後悔させてくれるわ」

要が手裏剣の撃ち方を変えた。指先を手裏剣の角にそえ、引っかけるようにして投げた。

手裏剣が大きく弧を描いて、庇の陰に身を縮めている一兵を襲った。

「なんと」

急いで一兵は飛びあがり、屋根の上を駆けた。

「まずいな」

先手を取られた形の一兵に、反撃の機会は訪れなかった。それほどお庭番は甘い相手ではなかった。

勝てぬと知れば、恥も外聞もなく、背を向ける。これも忍のたいせつな素養であった。

卑怯(ひきょう)未練の汚名を恐れて、勝ち目のない戦いを挑むのは、名を惜しむ武士の性質である。なんとしてでも生きて帰って、次こそこちらが先手を取り、相手を倒す。それが忍だと教えられたばかりであった。

必死で一兵は、逃げた。

「行かせるか」

跳ぶように要が追いかけた。

忍にとって波打つ屋根瓦といえども、平地となんらかわることはない。一兵は風のように走りながら、後ろも見ずに手裏剣を飛ばした。

「はっ」

「ふん」

　あっさりと要は手裏剣をかわした。

「まっすぐしか飛ばない手裏剣など……脅威でも何でもないわ」

　要が嘲笑した。

「ならば、こうするまで」

　一兵は、言い返しながら、続けて三本の棒手裏剣を撃った。

「数を増やしても無駄だと……なにっ」

　あわてて要が足を止めた。

　ちらと顔だけ向けた一兵が投げた棒手裏剣は、要が次に踏むであろう瓦にあたり、粉砕した。足場を壊された要が、移動しようとした先も、やはり割られた。そして最後の一本が、要へ向かった。

「おのれっ」

　後ろへ下がらざるを得なくなった要が呪詛の言葉を吐いた。

「逃がすか」

　要が手裏剣を立て続けに撃った。

　一兵は、左右へ小刻みに歩を変えながら、避けた。

「くそっ」

かわされた要がふたたび追い始めた。しかし、一度動きを止めただけ、距離が開いていた。

「………」

歯がみする要を尻目に、一兵は屋根から庭木へと飛び移った。そのまま庭を駆け抜け、屋敷の外へと一兵は逃げ出した。

四

「なんとかなったか」

一兵は一息入れた。

屋敷のなかならなにがあっても、表沙汰にはならなかった。門の内は城郭（じょうかく）と同じ扱いを受け、幕府といえども明確な理由がなければ、足を踏み入れることはできない。それこそ一兵を膾斬り（なますぎ）にしても、庭に埋めてしまえば、どこからも文句は出なかった。

しかし、江戸の町中となれば、話は一変する。路上での争いは、町奉行あるいは、目付（めつけ）の管轄となり、なかったことにするのは、難しかった。

なにより松平定信の屋敷が八丁堀にあるのが、難点となった。八丁堀には町奉行の与力同心の組屋敷が多い。こんなところで不審な死体が見つかれば、町奉行所の面目にかけての探索が始まってしまう。

もっとも、松平定信の名前が出たところで、町方の手出しは止まる。だが、政敵の失点を見逃すほど田沼主殿頭意次は甘くない。大目付を動かしてでも、松平定信を追い詰めようとする。八丁堀での無理は松平定信の命取りになりかねなかった。

ほんの少しの安全を一兵は手にした。

「お庭番だからこそ、八丁堀はまずい」

忍装束から常着へ戻した一兵は、独りごちた。

八代将軍吉宗が紀州から連れてきたお庭番は、いろいろなところで軋轢を起こした。その最たるものが、隠密御用を巡る伊賀者との問題である。残念ながら、吉宗直々の命には勝てず、将軍家の隠密という矜持を差し出した伊賀者は、大奥の番人に甘んじ、髀肉の嘆をかこつ羽目となった。

次が、町奉行所との管轄争いであった。お膝元である江戸の治安を重視した吉宗は、町奉行に腹心の大岡越前守忠相を置いただけでは満足せず、お庭番へ城下の探索を命じた。

江戸地回り御用である。

城下でおこったことを、お庭番は直接吉宗の耳に入れ、吉宗は大岡忠相へ要り用な手立てを命じる。これはあきらかに町方の職域を侵(おか)す行為であり、与力同心の誇りを大いに傷つけた。

このような経緯もあり、お庭番と町方の仲は悪い。もし、お庭番が八丁堀で、伊賀者を襲ったなどと知れれば、庭先を汚されたに等しい町方は黙っていない。圧力がかかるまでのわずかな間に、南北両町奉行所の面々が動く。

「八丁堀を出てからが勝負か」

一兵は緊張した。

このまま無事に組屋敷まで戻れると思うほど、一兵は状況を甘くみてはいなかった。数カ月前までならば、そう考えたが、何度かの戦いを経て、一兵も変わっていた。

「御広敷へ逃げこむか」

歩きながら一兵はつぶやいた。

八丁堀から四谷の伊賀者組屋敷は、江戸城を挟んで反対側になる。距離がありすぎた。

対して江戸城ならば、指呼(しこ)の間(かん)である。

一兵は、八丁堀を出る橋の手前で、足を止めた。耳を澄ませ、あたりをゆっくりと見回した。

「………」

勘に触れてくるものはなにもなかった。

「吾を見失うほどお庭番は未熟ではない。今もどこかで見張っているはずだが、まったく気配を感じ取れない」

背筋に冷たいものが流れるのを一兵は感じた。忍としての技量差を、一兵はまざまざと知らされた。

「はっ」

忍にあるまじき気合いを発して、一兵は走った。伊賀独特の足運びは、驚異の疾さを生み出す。一兵はひたすら江戸城をめざした。

「………」

一兵の五間（約九メートル）ほど後に、八丁堀での手出しを控えていた要が姿を現した。

「江戸城へ向かうつもりだな」

要も走り出した。

日の暮れた江戸の町を一兵は必死に逃げた。用心桶の陰を利用し、商家の看板を盾に、と一兵はなりふりかまわなかった。

「ちっ」

手にした手裏剣を投げても、意味がないと悟ったのか、要が忍刀を抜いた。

忍刀の特徴は、刃まで漆で黒く塗られていることであった。これは光の反射を防ぎ、目立たないための工夫であった。

「…………」

無言で足に力を入れた要が、一兵へ向かった。

「変わった……」

背中に感じる殺気の変化を、一兵は感じた。

「刀」

振り返って要の手に忍刀が握られているのを見て、一兵は息を呑んだ。

手裏剣を警戒して、あちらこちらの遮蔽物の間を移動している一兵は、どうしても距離を稼げない。対して、追う立場の要はそのようなことを気にしなくてもいい。

「まずいな」

一兵は、間合いがどんどんなくなっていくのに焦った。

しかし、物陰を利用することをやめるわけにはいかなかった。追いつかれるのを怖れて、まっすぐ駆け出そうものなら、手裏剣が一兵の背中へ食いこむことになる。

いつのまにか、町屋を過ぎ、江戸城廓内へ入っていた。

「…………」

首筋が総毛だつのを感じた一兵は、無言で左に跳んだ。そのすぐ右脇を、要の刀が過ぎた。

「しゃっ」

小さく息を吐くような気合いとともに、要が二撃目を送ってきた。

「くっ……」

右足を軸に、身体を回して一兵は、これに空を斬らせた。

「田沼の犬が」

要が憎々しげな目で一兵をにらんだ。

「な、なんのことだ」

一兵は理解できなかった。一度も会ったことのない田沼主殿頭のことなど、一兵は知らなかった。

「よくも吉宗さまの御孫であられる越中守さまのお命を……」

三度要が刀を振るった。

「わけのわからぬことを言うな」

かろうじて避けながら、一兵は返した。

「白々しい」

聞く耳を持たぬと要が、襲いかかった。

「ちいい」

一兵は後ろにさがって、かわした。

「甘い」

予想していた動きだったのか、流れるように要が追撃を放った。

「しまった」

食いこむような足捌(あしさば)きの要に、一兵はわずかに遅れた。

「もらった」

要の一撃は、一兵の首へと伸びた。

「……………」

一兵は大きくのけぞって、自ら後ろへ落ちた。

「ぐふっ」

受け身をとれるような体勢ではなかった。背中を思いきり地面へぶつけた一兵は、肺のなかの空気をすべて吐き出す羽目になった。

「こいつ」

地面へ寝た形となった一兵へ、要が戸惑った。

刀というのは、あるていど高さのあるものへたいしての武器である。とくに忍刀のように刃渡りの短いものは、下へ届きにくかった。

かといって腰を屈めたりして体勢を崩せば、どのような反撃を受けるかわからない。

「……ふん」

一瞬のためらいのあと、要が右手を懐へ入れた。手裏剣を取り出し、一兵目がけて投げようとした。

「盗人だああ」

一兵は大声で叫んだ。

「な、なにっ」

あまりのことに要の手が止まった。

「盗賊が出たぞ。お出会いめされ」

続けて一兵はわめいた。

「なにっ、盗賊だと」

近隣の大名屋敷、旗本屋敷から人の気配がし出した。

「こいつ」

要が苦い顔をした。

着替えている一兵に比して、要は忍装束のままなのだ。誰かに見られれば、盗賊扱いされるのは、要であった。

「どこだ」

いくつかの門が開いて、侍たちが顔を出し始めた。

「あそこだ」

提灯が向けられた。

「命冥加な奴め」

要が一兵を見下ろした。

「くせ者、そこ、動くな」

侍の一人が声をあげた。

武威が落ちて久しい十代将軍家治の御世である。旗本や大名の屋敷の家臣が、盗賊を捕らえるなり討ち取るなりすれば、大きな話題となった。手柄をものにした屋敷の主は面目を施し、手がけた家臣は加増などの褒賞を得られる。立身出世が難しくなっただけに、わずかな機会でも逃すわけにはいかないと、多くの侍が一兵たちへと近づいてきた。

「次はない」

言い残して要が消えた。

「助かったか」

ようやく一兵は半身を起こした。身体の後ろに隠していた右手に握った手裏剣を、一兵は懐へ戻した。

後ろへ倒れながら咄嗟に掴んだのだ。もし、要が手裏剣を撃とうとしたならば、相討ち覚悟で投げつけるつもりでいた。

「忍の相討ちなど、恥でしかないからな」

立ちあがった一兵は、腰についた砂を払った。

「ご無事か」

侍の一人が声をかけた。

「かたじけない」

一兵は礼を述べた。

「なにがござったのだ」

別の侍が問うた。

「拙者御広敷につとめる者でござる」

伊賀者だと一兵は言わなかった。

「御上のお役人どのか」

侍たちの口調が変わった。

「役所へ帰る途中、ここへさしかかったところ、そちらのお屋敷へ忍びこもうとしている怪しげな者を見つけ、誰何（すいか）したところ、いきなり斬りかかって参りましてな」

一兵は作り話を語った。

「さようでございましたか」

「なかなかの手練（てだ）れでござって、一人では逃がしかねぬと思い、人を呼ばせていただいた次第でござる。お忙しいところ、助かり申した」

もう一度一兵は、頭を下げた。

「とんでもござらぬ」

あわてて侍たちが手を振った。

「拙者は、役所へ戻らねばなりませぬ」

「いや、お止め申した」

侍たちが詫びた。

「我らは、今少し、このあたりを警邏いたしまするゆえ、どうぞ、お行きなされ」

「では、よしなに」

まだ探すという侍たちに挨拶をして一兵は、歩き出した。

御広敷へ入って一兵はようやく安堵のため息をつけた。

「ここまでは来られまい」

先だって大奥へお庭番の侵入を許して以来、御広敷の警戒は強くなっている。御広敷番頭から厳しい叱責を受けた御広敷伊賀者組頭である百地玄斎は、非番、当番、宿直番であった三交代を、非番宿直番の二交代に減らしてまで、人員を増やし、警備を固めていた。

「どうした、めずらしいではないか」

伊賀者番所で、だらしなく腰をおろしている一兵に、同役の柘植源五が問うた。

「いや、屋敷へ帰るより、ここが近かったのでな。今夜は番所で休もうかと」

一兵はお庭番との戦いを告げなかった。

「朝が早いのか」

「うむ。大島さまへご報告すべきことがあってな」

今度は真実であった。

松平定信の屋敷であったことを、大島の耳に入れておくべきだと一兵は考えていた。

「そうか。こちらは、朝まで夜通しの任よ。まったく、迷惑な話だ」

それ以上訊かず、柘植源五は水を一杯飲むと、番所を出て行った。

「ふうむ」

一人きりになった番所で一兵は居心地の悪さを感じていた。

「ここも居場所ではなくなったな」

大島に見そめられて、伊賀者同心の枠を抜けた一兵は、同僚たちから冷たい目を向けられていた。御広敷伊賀者としての任をこなさなくていいだけでなく、別途お手当金も出ているのだ。そのうえ、将来は同心の身分から旗本への出世も約されている。生涯どころか、子々孫々まで、伊賀者という枠組みから離れることができない者たちにとって、一兵の境遇は垂涎ものであった。

うらやましがるだけで終わればまだよかった。だが、一兵の幸運は、己たちへ決して与えられることのないものだとわかっている同僚たちは、うらやむより、異物として排除することで不満を発散しようとしていた。

今出て行った柘植源五も、幼なじみであり親しい友人でもあったが、最近では顔を合わせても、ほとんど話さなくなっていた。

「無理もないか」

伊賀者が徹夜で大奥を警備する原因となったお庭番は、一兵の敵だった。いわば、御広敷伊賀者同心は、一兵のとばっちりを受けたといえる。

「寝る」

一兵は、番所の片隅で横になった。

大奥と表の緩衝(かんしょう)地帯である御広敷の朝は早い。とくに将軍家治が大奥へ入った翌朝は、その食事を手配しなければならないため、暗いうちから台所役人などが動き出す。

「鱚(きす)の大きさを整えよ」

「鶴の血抜きは終わっておるのか」

将軍の朝餉(あさげ)を作るのだ。なにかあれば一族郎党の破滅に繋がる。台所は、殺気だった。

「ここまで聞こえるか」

あくびをかみ殺しながら、一兵は目覚めた。

「鶴が出るということは、祝いごとがあったな」

一兵は呟いた。

将軍家の朝食は毎日同じものと決まっていた。味噌汁と向こう付け、煮付けなどのはいった椀ののった一の膳、すまし汁、鱚の塩焼きと醬油付け焼きの二の膳である。二の膳に鶴のすまし汁が出るのは、正月や節句などの祝日、八朔など徳川にとってたいせつな記念の日、そして慶事があったときであった。

「腹は空いたが、弁当はない」

起きあがった一兵は、腹をなでさすった。

宿直でも当番でも、弁当と夜具は自前で用意しなければならなかった。昨日、自邸へ戻っていない一兵は、昼からなにも口にしていなかった。

「白湯だけでもないよりましか」

詰め所の火鉢の上で湯気を出している薬缶から、一兵は茶碗へ白湯を注いだ。

「少し早いが、詰め所で待つか」

番所を出て一兵は、大奥と繫がっている伊賀者詰め所へと向かった。

「昨夜は泊まったそうだな」

詰め所にいた御広敷伊賀者同心組頭百地玄斎が、一兵の顔を見て言った。

「はい。組屋敷へ戻るより便利でございましたので」

一兵は言いわけをした。

「ふん。着物が裂けているぞ」

百地玄斎が、手にした扇子で一兵の腹を指さした。

「…………」

一兵は気づいていなかった。それだけ余裕がなかったという証拠であった。

「反りのない刀でよかったの。太刀ならば、まちがいなく胸から割られていたぞ」

沈黙した一兵へ、百地玄斎が述べた。反りのある刀の切っ先は伸びるうえに食いこむ。

「…………」

一兵は無言で通すしかなかった。一兵の任は、大奥表使いの大島から命じられたもので、組頭の百地玄斎にはかかわってこない。大島へ報告する前に話すことはできなかった。

「生きてここまでたどり着いただけでよしとすべきであろうな」

気にせず百地玄斎が続けた。

「噂だが、昨夜道三堀のあたりに盗賊が出たそうだ。朝早くに間部若狭守さまより、大目付さまへ、盗賊らしき者を発見、駆逐したとのお報せがあったそうだ」

百地玄斎が語った。

「そうでございまするか」

一部とはいえ、要とのやりとりの顚末を知られていたとの驚きを一兵はなんとか抑えた。

「捕らえられなかったのに」

盗賊を見つけるどころか、追うこともなかったにもかかわらず、手柄顔に報告してくる。一兵はあきれた。

「まあ。間部さまは、ご先祖の失策で、いまだに冷や飯を食わされたままだからな。どのようなことでも利用して、返り咲きたいのであろうが……」

小さく百地玄斎が首を振った。

間部家の祖は、七代将軍家継の寵臣、間部越前守詮房である。甲府宰相綱豊の猿楽師から出世し、綱豊が六代将軍家宣となるにいたって、五万石高崎藩主にまでのぼった。家宣、家継と二代にわたり寵臣として権威を振るったが、家継に子がなく、紀州から入った吉宗に嫌われ、越後村上へと追いやられた。さらにそのあとを継いだ詮言は、城持ちの村上から、陣屋しかない越前鯖江へ格下げされた。

「捕まえもせずに追い払っただけで、手柄顔をされてもな。それだけ、大名とはたいへんなものだろうが、身分があがるのも、善し悪しじゃの」

「さようでございますな」

百地玄斎の皮肉を、一兵は同意することでかわした。

「そういえば、本日は鶴のお吸い物が上様へ供されるとか」

一兵は話題を変えた。

「うむ。おめでたくも、大奥ご中臈おすわの方さまが、上様のお胤を懐妊なされた。そのお祝いだそうじゃ」

「正式なご布告がでたのでございまするか」

念をおして一兵は確認した。

すでにおすわの方の妊娠は、江戸城で知れ渡っている。

「昨日、上様よりご執政の衆へお言葉があり、それに応じて、おすわの方さまは、吉日をもって北の長局、七宝の間へお引き移りになられるそうだ」

質問に百地玄斎が答えた。

「おめでたいかぎりでございまする」

祝いを口にした一兵は、ちらと百地玄斎を見た。

「そろそろ刻限で」

大島が来る。一兵は、暗に百地玄斎へ席を外せと言った。

「おおっ。そうであった。ではの」

百地玄斎が詰め所を出て行った。

「下のご錠口開きまする」

「承って候」

いつものやりとりの後、下のご錠口を通って、大奥表使い大島が御広敷伊賀者詰め所へと現れた。

「おはようございまする」

一兵は平伏した。

「なにかあるか」

立ったままで大島が問うた。

「昨日……」

顔をあげて、一連のことを一兵は告げた。

「大奥へ入りこんだお庭番が、越中守の屋敷にいたと」

聞いた大島が絶句した。

「はい。どうやら越中守さまの警固をいたしておるようでございました」

大島の顔を見ながら、一兵はさらに述べた。

「そうか。よくぞ調べて参った。褒めてつかわす」

「ははっ」

意外な称賛に、あわてて一兵は平伏した。

「以後も励め」

言い残して、大島が急ぎ足で下のご錠口に戻っていった。

「……以後も励めと言われても、どうしろとの指示がないと動けぬ」

一兵は嘆息した。松平定信の屋敷に忍びこんだのも、大島の言葉に従っただけであった。

「一度屋敷へ戻ろう」

いつまでも番所に籠もっているわけにもいかなかった。使った手裏剣の補充もしなければならないし、なにより食事を摂りたかった。

「もう、待ち伏せしてはいないだろうな」

悲壮な顔で一兵は、御広敷を後にした。

五

大奥へ戻った大島は、裾が乱れるのも気にせず、小走りで上臈飛鳥井のもとへ急いだ。

「飛鳥井さま」

「一同、遠慮いたせ」

大島の様子から重大事と悟った飛鳥井が手を振って、他人払(ひとばら)いを命じた。

「はい」

局付きの中臈から、雑用係のお末(すえ)まで、十人をこえる女中たちが、廊下へと出て行った。

「伊賀者より報告がございました。越中守が、先日のお庭番を遣っておるとのことでございまする」

「なんじゃと。それは真か」

飛鳥井が驚愕した。

「はい」

大島がうなずいた。

「……大島。そなた、表の話には詳しいよな」

「一応のところは存じておるつもりでおりまする」

問われて大島が応えた。

「越中守が、上様へ、新しく生まれるであろう和子さまの引目を望んだという話は知っておるな」

「聞きおよんでおりまする」

「引目は、上様の和子さまのお生まれに伴う行事をおこなう者たちの代表。いわば、和子さまのお披露目役。さすがに親代わりとまではいかぬが、和子さまの生涯を支える家臣として、格別なあつかいを受ける」

「…………」

黙って大島は聞いた。

「いわば、十一代さまとなられるやも知れぬ和子さま、最初の寵臣。譜代大名ならば誰もが望むもの。言い換えれば、和子さまの引目は、他のお方が十一代さまになられたとき……第一に排除される者。その引目を狙う越中守が、大奥へお庭番を入れたのは……」

「おすわの懐妊が真実かどうかを知るためでございましょう」

大島が続けた。

「はたしてそうかの」

不意に飛鳥井が声を潜めた。

「……違いましょうや」

戸惑いを大島が見せた。

「もし、あのお庭番が、すわを……」

ふたたび飛鳥井が、末尾を濁した。

「まさか……」

そのあとに気づかぬようでは、表使いという役目は務められない。大島の顔色が白くなった。

「越中は、八代吉宗さまの御孫にあたる。臣下の家へ出たとはいえ、上様にもっとも近い一門であることにかわりはない」

「…………」

大島は沈黙した。

「一度他姓を継いだ者に、将軍位は与えられない。徳川にはその不文律がある」

「神君家康さまのご次男、結城秀康さまのことでございまするな」

御三家方からの使者の応対の指示を出すのも表使いである。家格やら、血筋やらを全部覚えていなければならない。徳川の歴史も表使いの素養の一つであった。

「うむ。長男信康さま亡きあと、家督を家康さまは三男秀忠さまへ譲られた。そのとき、秀康さまを排除した理由が、結城姓となったからとのことであった。しかし、それを言い出せば、八代吉宗さまも除外されねばならぬ。吉宗さまは、一時、越前丹生三万石の藩主となり、松平の名跡を名乗っておられた。八代さま継承のおり、このことが問題となったのは確かじゃ。しかし、松平は徳川と同根であり、他姓とは意味合いが違う。こうして吉宗さまは、将軍となられた」

「たしかにそうでございまする。となれば、越中守が、宗家を継いでもおかしくはございませぬな」

「じゃの」

じっと飛鳥井が、大島を見つめた。

「越中守が、和子さまの引目を望んだのは……己の野望を隠すためだと」

大島が口にした。

「…………」

今度は飛鳥井が黙った。

「男子禁制の大奥へ、お庭番を忍ばせるなど、上様の忠臣であればできようはずもございませぬな」

飛鳥井の意図を、大島は悟った。

「のう、大島」

ゆっくりと、飛鳥井が煙管（キセル）に火を付けた。

「おすわは、滝川の手飼い。おすわが和子さまを産めば、滝川が筆頭上臈となる。今筆頭の高岳さまは、慣例に従い、隠居落髪の上、桜田御用屋敷へお移りにならねばならぬ」

大きく飛鳥井が、煙草を吸いこんだ。

筆頭上臈は、上がり役である。その座を譲るときは、現役を退かなければならなかった。でなければ、新たに筆頭となった上臈が、いつまで経っても先達の影のもとで萎縮（いしゅく）していなければならなくなる。

また、終生奉公が決まりの大奥では僧籍に入らない限り、出ることが許されていない。

引退した上臈は、皆落飾（らくしょく）し、桜田を始めとする御用屋敷へ居を移し、死ぬまでそこで過ごす決まりであった。

「筆頭の隠居に対し、二位以下の上臈は、一つずつ格が下がるだけとされているが、それではすまぬ」

煙管を煙草盆に打ち付けて、飛鳥井は吸い殻を捨てた。

「高岳さまに付いていた者は、去就を定めねばならぬ」

「………」

大島は飛鳥井の言葉を真剣に聞いた。

「滝川に媚びて大奥へ残るか、矜持を持って髪をおろすか」

飛鳥井が煙管を置いた。

「妾は、犬のように尾を振る気はない」

「わたくしも同じでございまする。わたくしは、飛鳥井さま以外の者へ仕える気など毛頭ございませぬ。貞婦は二夫にまみえず、忠臣は二君を持たずの意をわたくしめは、貫きまする」

はっきりと大島も同意した。

「愛いことを言うてくれる」

満足げに飛鳥井が首肯した。

「となれば、尼になるしかない」

ゆっくりと飛鳥井が述べた。

「妾はまだよい。上臈となったものは、落飾した後も賄(まかな)い扶持(ぶち)を与えられ、御用屋敷で余生を過ごすことができるゆえな。しかし、そなたは表使いでしかない」

「……はい」

「終生奉公の立場から、大奥から実家へ帰ることもできぬ。尼になったとしても、滝川が見逃すとは思えぬな。おそらく実家になにかしらの手がおよぼう。役目を解かれるていどですめばよいが、そなたは妾の手足として、滝川追い落としの実際を担ったのだ。滝川の恨みは深い」

飛鳥井が大島へ目を向けた。

「実家は、潰されよう」

「くっ」

大島は唇を噛(か)んだ。

かつて上臈順位三位だった滝川は、老中阿部伊予守正右(あべいよのかみまさすけ)につき、田沼主殿頭意次に刃向(はむ)かった。そのため順位を五位に落とされた。おかげで五位の飛鳥井が四位に、四位の花園は三位に繰りあがった。

もちろん、表向き付く相手が違っただけで順位が落とされることはない。

落とされるには落とされるだけの理由が要った。滝川は、大奥出入りの商人から、金を受け取ったとして、糾弾（きゅうだん）され、謹慎となった。

これは罪ではあるが、表沙汰にしないのが慣習であった。というのも、中臈以上の女中にはいろいろな便宜（べんぎ）を取りはからってもらうため、商人たちから毎月のように付け届けがあったからだ。一々咎めていれば、大奥から高級女中がいなくなるのに十日もかからない。

その暗黙の了解を破ったのは大島であった。表から入るすべてのものを監督する大島は、飛鳥井の命を受けて、滝川宛の荷だけを詳しく調査し、商人から贈られた小判を発見、わざと騒動にしたのであった。

「実家まで……」

大島が息をのんだ。

「それが嫌ならば、自らを裁くしかなかろう」

冷たい声で飛鳥井が言った。

大奥女中の自害（じがい）は、かなりあった。女しかいない大奥では、欲求のはけ口が不足し、溜まる不満の解消先として、他の女中をいじめたりすることが多かった。そのつらさに耐えかねた女中が、井戸に身を投げたり、首をくくったりした。もちろん、局の恥になるため、表向きは病死として届け、遺体は荼毘に付してから実家へ返される。

「もちろん、妾はできるだけそなたをかばう。されど、隠居した身ではさしたる力も振るえぬ」

無念そうに飛鳥井が言った。

「いかがいたせばよろしゅうございましょう」

顔をあげて大島が問うた。

「筆頭の松島さまが退かれたことで、高岳さまがあがられた。高岳さまも筆頭になられて数年……大島」

「なにか」

飛鳥井の呼びかけに大島が応じた。

「花園さまはおいくつにおなりであったかの」

「……二位の上臈花園さまは、高岳さまの二つ下、飛鳥井さまの五つお歳嵩、滝川の三つ歳上でござられたかと」

大島が答えた。

「三つ上か。歳下の滝川が筆頭になれば、花園さまは辛かろうな」

「…………」

　呟くような飛鳥井の言葉に、大島は沈黙した。

「おすわに上様のお胤がついた。これは、筆頭さまのご責任じゃ。高岳さまの局からも、上様のお側は出ているでな」

「おしずの方さまでございまするな」

「うむ。そのおしずの方さまより、足繁く上様が通われたゆえ、おすわが孕んだのじゃ。これは、おしずの方さまが、上様をお引き留めできなかったからであるとも言えよう」

「高岳さまに責任を取らせよと」

「妾はそのようなこと申しておらぬぞ。筆頭さまは、妾を引きあげてくださったお方ぞ」

　大島の確認に、飛鳥井はとぼけた。

「幸いというか、花園さまも、妾も、上様のお側を出しておらぬ。このたびのこと、上様のお側を出した高岳さまと滝川で始末を付けてもらうのが、本筋。だが、そう悠長なことを言っておられなくなってきた」

　飛鳥井が述べた。

「…………」

上目遣いで大島は、飛鳥井を見た。

「お千穂の方さまではいけませぬのか」

おすわの方が男子を産めば、もっとも影響を受けるのは、正室の代わりでもあるお千穂の方であった。

「当然すぎよう。滝川もお千穂の方を警戒している。その次が高岳よ。なればこそ、花園さまがよい」

策を飛鳥井がさずけた。

「そなたの実家は八百石であったの。たしか、弟がまもなく当主になると聞いた」

飛鳥井が話を変えた。

「よくご存じで」

大島が驚いた。

上臈は御台所の代参でも命じられない限り、大奥から離れることはない。

飛鳥井は、ここ数年大奥から一歩も出ていなかった。

「かわいい部屋子の実家じゃ。常日頃から気にかけておる」

淡々と飛鳥井が告げた。

「弟御の家督相続祝いに二百石の加増などちょうどよいのではないか」

「二百石……合わせて千石」

飛鳥井の話に大島が息をのんだ。

幕臣には大きな境があった。お目見えのできる旗本と、できない御家人である。だが、旗本にも区別があった。千石をこえるかこえないかである。

千石をこえると、無役でいる期間がかなり短くなった。出仕するなり役付きとなることも多く、また初任は、小姓番、書院番など将軍の側に仕えるものからが多い。当然、将軍や執政の目につくので、後々の出世もしやすくなる。遠国奉行や、勘定組頭などを命じられると余得もあり、そこで頭角を示せば、町奉行や勘定奉行などの顕官への引き立てもあった。

「任せたぞ。大島。妾の期待を裏切るでないぞ」

「はい」

大島が決意の籠もった声でうなずいた。

六

飛鳥井の前をさがった大島は、大奥の廊下を歩きながら嘆息した。

「花園さまにおすわの排除をさせよか」

大島は的確に飛鳥井の企みを理解した。飛鳥井は己を安全なところにおくだけではなく、策が失敗したところで、二位の花園が消え、順位を一つあげられると考えている。

「誰に話をするかだが、花園さまはなかなかに賢いお方。こちらの思惑にはのってくださるまい。他によい者はおらぬか。……そうじゃ、あの者がいい。たしか御家人の娘で、大奥での給金を実家へ仕送りしていると聞いた。大奥を首になれば、実家が飢える。とならば、多少のことはしてのけよう。少なくとも花園さまをそそのかすくらいはな」

飛鳥井の局から、花園の局までは、廊下一つ曲がるだけで着いた。

「卒爾ながら」

大島は、局の襖前で、膝を突いて声をかけた。

「どなたでございましょう」

襖が三寸（約九センチメートル）ほど開いて、なかから応答が聞こえた。

「表使い大島でございまする。花園さま方の局どのに」

用件を大島は告げた。

ややこしいことだが、局には、局という役目の女中が居た。上臈や中臈に代わって、諸事を司る用人のような役目を担う局は、幕府お雇いではなく主の使用人であったが、花園や高岳のような上臈の局ともなると、なまじの中臈よりも権を持っていた。

「しばしお待ちを」

襖が一度閉まった。

しばらくして、襖が大きく開かれ、なかから大島とよく似た歳頃の女中が出てきた。

「これは、大島さま。わたくしめになにか御用でも」

大奥第二位の上臈花園の局ともなれば、大島より影響力を持っている。しかし、表向きは上様へ目通りできない陪臣の身分でしかない。局は、大島へへりくだった対応を取った。

「ご多用のおりから、畏れ入りまする。しばし、よろしいか」

ていねいに大島は頼んだ。

「はい。花園さまは、お庭をご散策中でございまする。急ぎの用もございませぬので、どうぞ」

局が首肯した。

「聞き耳のないところへお願いいたしまする」

「では納戸の奥へ」

小声になった大島へ、局が囁いた。

納戸の奥には、わずかばかりの隙間があった。

「お座りいただくわけにも参りませぬが」

局が苦笑した。

「けっこうでございまする」

大島は気にするなと言った。

「早速でございまするが、お話は」

「おすわの方さまのことはご存じか」

促されて大島は始めた。

「はい」

「では、先日、大奥へお庭番が忍びこんだことは」

「聞いておりまする」

局がうなずいた。諸事にわたっての気働きができなければ、とても上臈の局などは務まらなかった。

「あのお庭番、上様のお手ではなく、越中守がよこしたものだとはお聞きおよびでござったか」

「……いいえ」

首を振った局の顔色が変わった。

「ここだけのお話にしていただきまする。花園さま以外には、決してお漏らしになりませぬよう」

念を押して大島は、経過を語った。

「それはまことでございましょうか」

局が息をのんだ。

「このようなことで嘘を申してなんになりましょう。花園さまと飛鳥井さまは、一蓮(いちれん)托生(たくしょう)でございましょう」

大島は述べた。

「あのお庭番騒ぎは、おすわの方さま、ご懐妊の真偽を確認するためのものとばかり思っておりましたが……」

「わたくしも最初は、そう考えておりました」

首肯して同意を見せた大島は、続けた。

「ではござったが、わざわざ危険をおかしてまでする理由がございませぬ。大奥は上様以外の男を許しておりませぬ。万一、お庭番が捕まりでもすれば、いかに八代将軍吉宗さまの血を引く越中守といえども、無事ではすみますまい」

「たしかに」

「なにより、懐妊が事実ならば、日ならずして御広敷を通じ、発表がありましょう。和子さまの引目を願うにしても、その後でも間に合いまする」

「はい」

「では、なぜお庭番が、大奥へ侵入いたしたのか。それも、おすわの方の懐妊が公となる前に……」

問うように大島が話しかけた。

「公となる前……それは……」

局が大きく目を見開いた。

「なかったことにいたすためとしか考えられますまい」

「上様のお胤を流すと」

「………………」

無言で大島はうなずいた。

「なぜ、そのような畏れ多いまねを」

小さく身を震わせて、局が首を振った。

「吾が身を本来の筋目へと戻すため。それ以外はございますまい。局どのも、越中守の事情はご存じであろう」

「……はい」

局が首肯した。

「万一、上様にお世継ぎなきとき、一橋豊千代さまが十一代さまとなられると言われておりまするが、どうなりますやら。豊千代さまに万一があれば……。越中守は上様と同じく吉宗さまの孫。あり得る話でございましょう」

「たしかに、さようではございまするが、そのような話を、なぜわたくしめに」

疑問があると局が訊いた。

「もし、おすわの方が男子をお産みになられれば……花園さまはどうなられましょう」

「飛鳥井さまも同様でございまするが、大奥を離れられることになりましょう」

「それは……」

「…………」

局が黙った。

「お庭番が大奥へ入った。そのお庭番が越中守の手の者である。この二つは、揺るがしがたい事実でございまする」

大島が話を戻した。

「すなわち、おすわの方になにかあったとしても、それはお庭番の手によるものとなりましょうな」

「吾が身を将軍とするには、上様のお血筋は都合が悪い」

誘導されるように局が述べた。

「引目願いなど、上様の目先をごまかすだけのもの」

大島が語った。

「……局どの」

大島が声を潜めた。

「……は」

局が、耳を大島へ預けた。

「おすわの方のお腹が流れても、今ならば越中守の仕業にできまする」

「な、なにを」

「では、これにてお話は終わらせていただきまする。お忙しいところ、かたじけのうございました」

驚く局を無視して、大島は納戸の扉へ手をかけた。

「花園さまが大奥を出られたとき、局どのはどうなさるのでございまするか。局は上臈さまの奉公人。主がいなくなれば……」

飛鳥井に言われたのと同じことを、大島は局へ投げた。

「えっ」

「では、ご免くださいませ」

大島は答えを求めず、納戸を後にした。

第四章　女の戦

一

数百人の女たちが生活する大奥は、朝と夕の二度戦場になる。

「薪が足りぬ。納戸より持って参れ」

「水はどうなっておる。水甕を確認いたせ」

大奥女中たちの食事は自弁であった。下働きのお末たちが、局の主である上臈や中臈の用意した米を炊き、購入した菜を調理する。

妊娠した側室おすわの方が過ごす七宝の間でも、同じ風景が見られた。

「滋養をおつけいただかなければならぬ。汁に卵を浮かせよ。青い背の魚はならぬぞ。白身のものに限る。骨は毛抜きで確実に取り除け」

「承知いたしております」

「おすわの方さまのお腹におられるは、十一代さまとなられるのだ。万一のことがあってはならぬ。念には念を入れよ。料理する者に風邪など引いている者はおるまいな」

大奥上臈滝川が、じきじきに指示を出した。

「上様より、おすわの方さまへ、お魚を賜りましてございまする」

七宝の間の外から声がした。

「なに、上様よりか」

滝川が急いで受け取りに出た。

「おおっ。鱚じゃ」

魚を見た滝川が喜んだ。

鱚は、魚偏に喜ぶと書くことから縁起がよいとされ、将軍と御台所の朝餉にかならず出される。毎朝、日本橋の魚市場から将軍家へ献上された。

「朝餉の鱚を賜るとは……」

感極まった滝川が、言葉を失った。

将軍家と御台所、そして世継ぎだけにしか鱚は付かない。おすわの方へ鱚が贈られたのは、生まれてくる子供を世継ぎとするという家治の意志表示であった。

「細心の注意をもって、調理いたせ」

「は、はい」

滝川の命に、調理を担当するお末(すえ)が震えた。

将軍の朝餉に出される鱚の調理法は、二種類あった。醤油(しょうゆ)の付け焼きと、塩焼きである。おすわの方の鱚も同じように料理された。

「お待たせをいたしました」

部屋親である滝川が、部屋子であるおすわの方へへりくだった。

「滝川さま……」

おすわの方がとまどった。

「上様より鱚を下賜(かし)された以上、おすわの方さまの胎内におられる和子さまが十一代さまになられることは決まりましてございまする。おすわの方さまはご母堂さまになられる。ご母堂さまは、将軍家ご一門に準じられますれば、今後は滝川とお呼び捨てになられますように」

下座から滝川が述べた。

「……………」

それこそ童女の時分から仕えてきたのだ。いきなり主らしく振る舞えといわれても難しい。おすわの方は黙った。

「では、朝餉をお召しになられますように。膳を」

滝川に言われて前に出たのはお末ではなく、中臈であった。

「おすわの方さまのお召しあがりになるものは、お世継ぎさまがお口になさると同じ。お目見えのできぬ下賤の者に触れさせるわけには参りませぬ」

怪訝な顔をしたおすわの方へ、滝川が説明した。

「いただきまする」

食欲を無くした顔で、おすわの方が箸を持った。

「滝川さま」

隅で控えていた中臈一人が声を発した。

「なんじゃ」

「お毒味をいたさずともよろしゅうのでございましょうや」

中臈が問うた。

「たわけたことを申すな。上様より賜った鱚を毒味など、無礼にもほどがある。そのようなまねをいたしたと上様に聞こえて、おすわの方さまへのご寵愛が褪せたらどうするつもりじゃ。ええい。腹立たしい、その顔見たくもないわ。出ていきや」

毒味を言い出した中臈を、滝川が追い出した。

「申しわけございませぬ。お騒がせをいたしました。どうぞ、お食べ下さいませ」

振り返った滝川が表情を和らげて促した。

「………」

無言で鱚を口に運んだおすわの方が顔をしかめた。

「どうかなされましたか」

滝川が問うた。

「いいえ」

首を振って、おすわの方が吸い物を口にした。

吸い物のあとはご飯と、おすわの方は食事を進めた。

「……うっ」

ふたたび鱚に戻ったところで、おすわの方が吐瀉(としゃ)した。

「きゃっ」

側で給仕していた中臈が飛沫(ひまつ)を浴びて悲鳴をあげた。

「どうなされました」

あわてた滝川が近づいた。

「気分が……」

そこまで言ったところで、おすわの方が崩れた。

「医師を、医師を呼べ」

滝川の叫びが七宝の間に響いた。

いつもの明け四つ（午前十時ごろ）、伊賀者同心詰め所で待っていた御厨一兵は、いつまで経っても来ない大奥表使い大島に焦れていた。

「もう半刻（約一時間）以上になるぞ」

一兵は嘆息した。

「ご錠口開きまする」

「やっとか」

聞きなれた大奥ご錠口番の声に、一兵は平伏した。

「伊賀者組頭はおるか」

下のご錠口を通じて現れたのは、見たことのない女中であった。

「畏れ入りまするが、あなたさまは」

「大奥お使い番瀬田である」

女中が名乗った。

使い番とは、表使いより格下の女中である。手紙を運んだり、用件を伝えたりするだけの役目であった。とはいえ、伊賀者よりは格上になる。

「しばしお待ちを」

一兵は、組頭の百地玄斎を呼びに走った。

「なに、お使い番だと」

伊賀者番所にいた百地玄斎が首をかしげた。

「わかった。ところで、そなたの用事は終わったのか」

「それが、まだお見えではなく」

百地玄斎の問いに一兵は答えた。

「みょうじゃな……」

眉をひそめながら百地玄斎が伊賀者詰め所へと入った。

大島と一兵が会うとき百地玄斎は立ち会わなかった。一兵も詰め所へは入らなかった。

「………」

しばらくして詰め所から出てきた百地玄斎の表情は厳しかった。

「組頭」

「……一兵、おまえにはかかわりのないことだ。しばらく番所へは来るな」

冷たい目で、百地玄斎が一兵を見た。

「……承知」

小さく一兵は首肯(しゅこう)した。

「ご錠口開きまする」

ふたたびご錠口番のよく通る声が聞こえた。

「今度は、おまえだろう」

百地玄斎が出ていき、一兵は詰め所の隅で控えた。

「御厨」

遅れた詫(わ)びもなく、大島が話し始めた。

「はっ」

「誰も聞いておらぬな」

「ご懸念(けねん)にはおよびませぬ」

一兵は保証した。

「なにかございましたか。さきほどお使い番が組頭へ、話をされに来られていたようでございまするが」

「他言は命にかかわるぞ」

「忍(しのび)に無用のご心配でございまする」

大島の危惧(きぐ)を一兵は否定した。

「……おすわの方の朝餉に毒が盛られていた」

「それは……」

いきなりのことに一兵は絶句した。

おすわの方のお腹には家治の子供が宿っている。嫡男(ちゃくなん)であった家基を失って子供のいなくなった家治の跡継ぎである赤子を狙うことは、将軍家へ弓引くも同じ。見つかれば謀反人(むほんにん)として一族郎党ごと殺される重罪であった。

「しかも、毒はどうやら……」

言葉をきった大島が、大きく唾(つば)を飲んだ。

「上様から下賜された魚にしこまれていたらしいのだ」

「……まさか」

聞いた一兵は驚愕(きょうがく)した。

「事実じゃ」

冷徹に大島が述べた。

「で、おすわの方さまは」

「医師の診立てでは、口にしたのが少なかったので数日体調を崩すとのことだが、命に別状はないとのことじゃ」

一兵の問いに大島が答えた。

「……おなかの子についてはいかがで」

わざと大島が避けたような気がした一兵は、もう一度訊いた。

「今のところ、無事じゃ」

「……今のところ」

「医師によると、母親の摂った薬が、赤子へ回るには数日かかるらしい。毒と薬では多少違うであろうが、おおむね数日は予断を許さぬとのことぞ」

感情のこもらない声で大島が告げた。

「わかりましてございまする。では、いきさつをお教えくださいませ」

これ以上聞き出すのは無理と一兵は、話を変えた。

「今朝方、御広敷を通じて上様からおすわの方へ鱚が二匹贈られた……」

大島が経緯を説明した。

「お待ちくださいませ。おすわの方さまが口にされたのは、鱚だけではございますまい。汁や飯に毒が盛られていたということも考えねばならないのでは」

「鱚なのだ」

一兵の疑問を大島が一言で否定した。

「おすわの方が残したものを、滝川はお末に喰わせ、調べあげたのだ」

苦い口調で大島が述べた。

「その結果、鱚を食べたお末が、倒れた。汁や飯を食した者は、なんともない」

「なるほど」

腕を組んで一兵は思案した。滝川にとっておすわの方は失った権を取り返す唯一の術なのだ。そのおすわの方へ手を出されたのだ。滝川の怒りはすさまじく、犯人を捜すためならお末の一人や二人を犠牲にする気でいた。己と同じ使い捨ての道具でしかないお末に、心のなかで一兵は同情した。

「鱚は御広敷からどうやって、おすわの方さまのもとへ」

気持ちを切り替えて一兵は尋ねた。

「当番であったお次が受け取り、そのまま滝川の局へ届けたそうだ」

お次とは、道具や献上物などの運搬を担うもので、表使い、右筆に次いで身分の高い役職であった。

「そのお次は」

「事情を訊いた後、閉じこめてある」

大島が述べた。

「疑いはございませなんだか」

「怪しいところは見つけられなかったと聞いておる。親元もはっきりしており、金にも困ってはおらぬ。もちろん、お次の属する局にも異常はない」

大奥に出入りするすべての人やものを管轄するだけあって、表使いは有能である。大島の対応は、そつのないものであった。

「どちらのお局でございましょう」

「上臈二位の花園さまじゃ」

「第二位の……で、わたくしめはなにを」

あらためて一兵は問うた。

「手を下した者を探り出せ」

「大奥へ出入りすることになりまするが、よろしいので」

「余人に見つからぬようにいたせよ」

一兵の確認に、大島が念を押した。

二

おすわの方の朝餉に毒が入っていたとの報告は、ただちに田沼主殿頭意次へもたらされた。いつも不祥事を隠し表へ弱みを見せようとしない大奥にしても、さすがにことが大きすぎた。かといって表の介入を防ぎたい大奥は、かかわりの深い老中田沼主殿頭を頼った。

「上様へはお聞かせするな。万一、漏らした者があれば、厳しい処分を与えてくれる」

次第を確認した田沼主殿頭意次が宣した。

「大奥女中どもの里帰り、代参を停止する。誰も出すな」

田沼主殿頭が指示した。

「まだ男子が生まれるかどうかもわからぬというに。女というのは辛抱のできぬものよ」

小さく田沼主殿頭がため息を吐いた。

「しかし、禍い転じて福じゃな。大奥を押さえ、松平越中守の頭を打つよい機会となろう」

田沼主殿頭がつぶやいた。

「奥の高岳さまへ、菓子の差し入れをする。用意をいたせ」

手を叩いて田沼主殿頭が人を呼んだ。

「なんだと」

封鎖された大奥の事件を松平定信は、田沼主殿頭に遅れること半日で手にしていた。

「まだ生まれておらぬとはいえ、上様のお血筋に毒を盛るなど、御上を怖れぬにもほどがある」

松平定信が怒りを露わにした。

「おすわの方には、大事ないのだな」

「御意」

報告を持ってきたお庭番和多田要が首肯した。

「問題は、お腹の子だの。毒がどう回るか、予想できぬ」

目を閉じて松平定信がため息をついた。

「お庭番には、解毒の薬はないのか」

「あいにく、毒の種類がわかりませぬと、薬は遣えませぬ。なにより、解毒薬といえども薬には違いありませぬ。胎児にとって、あまりよろしくはございませぬ」

要が首を振った。

「いたしかたなし。ならば、和多田、おすわの方へ毒を盛った者をかならず捕らえよ。よいか、殺さずに余のもとへ連れて参れ。余から上様へお渡しする」

「承知」

手柄にしたいと言う松平定信の命を、要が受けた。

一人になった一兵は、腕を組んで思案に入った。

「組頭があわてていたのも当然か」

一兵は先ほどの百地玄斎の態度を思い出した。

「上様からの賜りものに、毒が仕込まれていたのは伊賀者の責任ではない」

お台所をつうじて大奥へ届けられた鱚である。伊賀者が触れることなど許されなかった。

「しかし、大奥で上様のご愛妾に危難が及んだ。これは御広敷の失策でもある」

大奥のなかであったことは、すべて御広敷の責であった。

「ことがことだけに、御広敷御番頭さまは無事ですむまい」

御広敷番頭は、大奥の警衛を取り仕切る。そして、その配下である御広敷伊賀者が、直接大奥の警固を担う。

「責任を取らされることは、覚悟されておられようが、少しでも罪を軽くしたいと思うのは人の常。生け贄にするに、伊賀者ほど適したものはない」

百地玄斎が慌てている原因を一兵は見抜いていた。

三十俵三人扶持でしかない御広敷伊賀者は、御家人のなかでももっとも身分が低い。四百石高、役料二百俵の御広敷番頭とは、天と地ほどの差があった。

「おすわの方さまのお子さまに万一のことがあれば、御広敷伊賀者は潰される」

大奥警固の役目からは外されているとはいえ、一兵も御広敷伊賀者である。このままでは巻きこまれて改易となりかねなかった。

「誰が毒を飼ったか。それを探り出し責任を取らさねばならぬ」

一兵は立ちあがって、伊賀者詰め所を出て台所へと向かった。

御広敷のなかに台所があり、そこで将軍と御台所の食事いっさいが調理された。

お台所には二種の役人がいた。膳方と賄方である。膳方が料理を作り、賄方は器を司った。膳方の頭が二百石高、役料百俵の御広敷膳所台所頭で、賄方の最高位は二百石高、役料二百俵のお賄頭であった。将軍の食べるものを扱うことから、台所方は皆肩衣をつけており、賄方よりも威張っていた。

台所の様子を窺おうと、一兵は御広敷の屋根裏へ忍んだ。

「……一兵か」

「源五……」

台所の屋根裏には、すでに柘植源五が潜んでいた。

「御広敷伊賀者の存続がかかっておる。邪魔はするな」

柘植源五が厳しい顔をした。

「わかっておる」

小さく一兵はうなずいた。

「なにかわかったか」

「賄方と膳方の仲が悪いのを確認しただけだ」

あきれた顔で柘植源五が述べた。

ともに将軍の食事を担当していながら、賄方と膳方の関係はよくなかった。

「格上と思っている膳方の台所頭が御家人、対して賄方のお賄頭は旗本。この矛盾がある限り、和解はあるまい」

一兵も嘆息した。

「そのせいか、ずっと膳方、賄方に分かれて、責任をなすりあっているだけ。おかげでなにもわからぬ」

柘植源五が首を振った。

「他の鰭に毒は入っていなかったのか」

「のようだな。毎日日本橋の魚市場から届けられる鰭は三十匹。そのうち使用されるのが毒味ぶんを含めて二十匹。残る十匹は台所役人たちが食しているようだが、誰も異常を訴えてはおらぬ。もっとも今日はおすわの方さまへ二匹下げ渡されたので、残りは八匹になっているが」

「将軍家やお腹さまには……」

「なにごともなかったと聞いている」

問われた柘植源五が答えた。

「他の鰭に毒はなかった。となると、やはり、大奥でしこまれたと考えるべきだな」

「おそらくな。台所から七つ口に運ぶ間というのもあるが、将軍家下賜の鰭だ。運ぶのも数人がかり。とても隙などあるまい。組頭の命で台所を見張っておるが、意味はないな」

柘植源五が首を振った。

「ならば、吾は他をあたろう」

台所の屋根裏を後にした一兵は、そのまま屋根裏を伝って大奥へと入った。御広敷と大奥の間には鉄の棒で仕切りがされ、移動できないようになっているが、それは表向きでしかなかった。

「これだったな」

左から二つ目の鉄の棒ははずれるようになっていた。大奥に入った将軍家の警固をする伊賀者だけが知る一種の抜け道であった。

大奥では噂が飛び交っていた。

「滝川さまのお末の一人が、金をもらってやったらしい」

「いえ。男に頼まれたと聞きました」

廊下のそちこちで大奥女中たちが立ち話をしていた。

「お千穂の方さまが、上様のご寵愛を一身に受けるおすわの方さまを嫉妬なされて……」

「滅多なことを言うものではない」

　さっと大奥女中の間に緊張が走った。

「案外そうかも知れぬな。女の嫉妬は恐ろしいという」

　奥女中たちの話を聞いた一兵は独りごちた。

　独り者の一兵は、経験していないが、婚姻をなした同僚たちから何度も聞かされていた。

「そうではないらしいぞえ」

　溜まっていた奥女中の群れへ、別の奥女中が入ってきた。

「おすわの方さまに子ができれば、上臈方の順位が変わろう。おすわの方さまが、ご母堂さまとなられれば、部屋親の滝川さまは、筆頭上臈」

　新しい奥女中が声を潜めた。

「筆頭の高岳さまが落ちられる……」

「…………」

　残りの奥女中たちが息をのんだ。

「たしかに順位が一つ違えば、衣装や飾りで遠慮せねばならなくなりまするな」

　一人の奥女中が漏らした。

「同じ意匠の着物を身につけた場合、下位が着替え、二度と他人目のあるところでは遣わないのが決まり」

別の奥女中がうなずいた。

生涯を大奥で過ごす女中たちにとって、毎日身につけるものは大きな楽しみであった。なかでも上臈、中臈は、それぞれ趣向を凝らした衣装などを、金に糸目をつけず仕立て、他の者たちのまえで自慢するのがなによりの気晴らしとなっている。それに制限をくわえられるのは、耐え難いことであった。

「…………」

奥女中たちが顔を見合わせた。

「いかぬ。そろそろ昼餉の用意をさせねば。妾はこれで」

一人が逃げるように去った。

「わたくしめも、局の用が残っておりました」

次々と奥女中たちが消えていった。

「あり得るな…………」

誰もいなくなった廊下の天井裏で一兵は納得した。大島によって引き抜かれるまで、一兵は大奥の警固をしてきたのだ。何人もの奥女中の供もした。大奥の内情にもかなり精通しているつもりであった。

「順位が一つ違うだけで、かなりいろいろな差が出てくるとは知っているが……上様のお子さまを水にするほどのものなのか」

忍は非情なものである。人外とまで嫌われ、命とあれば、女子供でも躊躇なく殺す。とはいえ、伊賀者は任でなければ人を傷つけることはなかった。まして、恣意で主君の子供へ手を出すなどありえなかった。

「それも衣服や飾りのために」

馬鹿なと一兵は頭を振った。

「もし、それが事実ならば、女とはなんと恐ろしいものよ」

一兵は震えた。

「高岳の局を見張るか」

気を取り直して、一兵は天井裏を音もなく進んだ。

一兵との面談を終えた大島は、己の局親である飛鳥井のもとへ報告に来ていた。

「皆、遠慮いたせ」

飛鳥井が局の女中たちを追い出した。

「我らの名前が出るようなことはないであろうな」

「ご懸念には及びませぬ。あくまでもわたくしがいたしましたのは、第二位の花園さまは第三位へ落ちられたとき、ご引退なさるであろう。さすれば、花園さまの局に属している奥女中たちは、大奥を出なければならなくなるとの話をいたしただけでございますれば」

飛鳥井の危惧を大島が払拭した。

「なるほどの。それは事実であるな」

満足そうに飛鳥井が笑った。

「しかし、思いきった手を遣って参ったの。毒くらいは盛るであろうと思っておったが、まさか上様ご下賜の鱚に仕込むなど、大胆きわまりない」

飛鳥井が驚きを露わにした。

「仰せのとおりとは存じまするが、妙手と申すべきでございましょう。上様よりの下されものを毒味するなどできませぬ」

「当然じゃの」

大島の話に飛鳥井が同意した。

「お役の関係上、滝川の局が購入するものも見ておりまするが、納品されたものへの警戒は、異常なほど強うございました。出入りの商人どもが悲鳴をあげるほど厳しく選定させるだけでなく、食べもの、井戸の水、すべて毒味をさせるなど当たり前、風呂の湯さえもお末三人に飲ませて異常がないかどうか確認する念の入れようだったとか」

「ふうむ」

煙管に葉を詰めながら、飛鳥井が感嘆した。

「それほどの用心が破られた。ならばもっと厳重にと、今ではおすわの方が遣う落とし紙さえ、お末が舐めて毒味させるほどだとか」

「そこまでするか」

飛鳥井が目を剝いた。

「たしかに陰部から毒を喰らわせれば、お腹のなかの和子さまへもっとも早く届くであろうが……」

「そこまで滝川を追い詰めたのはよいが……殺し損ねては、意味がない」

飛鳥井が眉をひそめた。

「医師から聞き取りましたところでは、鱚一匹を食しておれば、まず助からなかっただろうとの話でございまする」

「量をまちがえたか」

「おそらく」

「しかし、これでおすわの方に近づくのも難しくなったぞ。なにより、上様がお許しになるまい」

「さきほど主殿頭さまよりお報せがあり、このたびのこと、上様へご心痛をおかけするだけゆえ、お話をせぬことに決したと。その旨、大奥でも心しておくようにとのことでございまする」

　大島が告げた。

「そのようなもの、滝川が同意するはずなかろう。掌中の珠を壊されかけたのだ。それこそ、上様へ泣いてすがるであろう」

　誰でも推測できることだと飛鳥井が言った。

「なにかお考えがあるのではございませぬか」

「あの主殿頭さまだからの。とりあえずは、様子を見る」

　飛鳥井が述べた。

「お見舞いはどういたしましょう」

「要らぬ。我らはなにも知らぬ。それでよい。かかわらぬを貫く」

「承知いたしましてございまする」

命じられて大島が頭を下げた。

三

高岳の局の天井裏へ忍んだ一兵は、平穏な雰囲気に驚いていた。

「お局さま、お茶などいかがでございましょう」

「よいの。茶菓子はなにがあったか」

声をかける局付きの奥女中へ、高岳が鷹揚にうなずいた。

「ちょうど先ほど田沼主殿頭さまより黒砂糖が届きましてございまする」

「主殿頭どのからか。いつもながらの気遣いじゃの。黒砂糖か。あの素朴な味もたまにはよかろう。茶は濃いめに点ててくれや」

高岳が命じた。

「はい」

局の片隅に切られた炉で湯が沸かされ、茶が点てられた。

「どうぞ」

茶碗とともに紙にのせられた黒砂糖一欠片（ひとかけら）が高岳の前へ出された。

「けっこうなお手前であった」

茶を喫し、黒砂糖を食した高岳が茶碗を置いた。代わって高岳が紙を手にした。

「お粗末さまでございました」

奥女中が深く頭を下げた。

「そろそろ夕餉の用意に入りたいと存じまするが、なにかお望みのものはございましょうや」

茶の湯の始末を終えた奥女中が問うた。

「本日の魚はなにがあるかの」

「塩をした鯛がございまする」

「鯛か。めでたいの。それにいたそう。あとは適当に、汁と付け合わせをな。ああ、この手配もいたしておけ。主殿頭どのへ、菓子の礼をせねばならぬでの」

田沼主殿頭から渡された紙を高岳が、奥女中へ渡した。

「承知つかまつりましてございまする」

書かれている文字を読んだ奥女中が受けた。

「そういえば、本日は上様のお見えはないようだの」

奥女中が紙切れを懐へしまうのを見ていた高岳が、別の者へと問いかけた。

「表より、御用繁多につき、しばらくの間上様ご臨席はないとの達しが参っておりました」

訊かれた奥女中が答えた。

「そうか。それは残念なことだ。のう、おたか」

「はい」

呼びかけられた、局のなかでもっとも見目麗しい若い奥女中が首肯した。

「上様の寵愛を受けるために、大奥へあがったそなたじゃ。お見えがないのは、寂しいことよのう」

「………」

おたかがうつむいた。

「男というのは、どうしようもないものじゃ。見目麗しい女と見れば、手を出したくなる。上様も同じ。大奥へお入りにならない日が続いた後はより強く女を求められる。今、上様には、お相手がおらぬ。おたか。つぎに上様が大奥へお入りになられるとき、そなたはお鈴廊下でお待ちせよ」

「わかりましてございまする」

「かならず、上様から名を訊かれるようにいたせ。なにをしてもよいぞ。多少のことならば、妾がどうにでもしてくれようほどにな。もちろん、孕んだときの安全も保障してくれる」

「肝に銘じまする」

高岳の指示におたかがうなずいた。

「静かすぎるな」

口のなかで一兵は呟いた。

「一言もおすわの方さまのことがでないのは、あまりに不思議」

おすわの方の一件に高岳の局がかかわっていたのならば、もう少しなにかあるべきであった。毒を食べさせることに成功した喜びか、死に至らしめるところまでいかなかった後悔か、どちらかの感情がなければならなかった。そのいっさいが高岳の局にはなかった。

「まったく平穏。これは、傍観しているだけだな」

忍には状況を判断する能力も求められた。でなければ、忍びこんだ先で無駄なところばかり調べることになりかねない。

「やはり、滝川さまの局から始めねばならぬな」

音を立てないようにして一兵は高岳の局を後にした。

伊賀者存亡の危機であった。

「出入りの商人だけではない。昨夜と今朝、七つ口であろうが、下ご錠口であろうが、大奥へ入った者を徹底して探れ」

伊賀者番所で百地玄斎が叫んだ。

「昨晩の宿直（とのい）は誰だ」

「我らでござる」

三十人をこえる伊賀者が名乗りをあげた。

「先日のように入りこまれるような失態はおかしておるまいな」

「もちろんでござる。我ら全員、気を張って結界を維持しておりました」

昨晩の責任者である年嵩（としかさ）の伊賀者が断言した。

「やはり大奥内の者が怪しいか」

百地玄斎が独りごちた。

「よし、高岳さま、花園さま、飛鳥井さま、滝川さまの局を見張れ」

「承知」

四人の伊賀者が番所を出て行った。

「残りは出入りした者を調べあげよ」

「組頭、御広敷番の方々はよいのか」

一人の配下が問うた。

御広敷番は、七つ口の警衛を担っている。

「不要じゃ。御広敷番は、ご下賜の鱚に触れることができぬ」

はっきりと百地玄斎が首を振った。

「ご下賜の鱚は、お台所からお賄頭の手で下のご錠口まで運ばれ、そこで大奥のお次へ預けられた。これは身分の問題でしかない」

台所頭でなくお賄頭だったのは、単に旗本だったからである。

「そして大奥お次から滝川さまへ直接渡された。その先は、滝川さまの局内のことで調べようもないが」

百地玄斎が伊賀者たちに説明した。

「では、出入りの商人たちもかかわりはございますまい」

「女を籠絡（ろうらく）していたかも知れぬ」

身許（みもと）ははっきりしているが、大奥女中たちと親しく話をすることができる出入り商人への疑いは残る。

「御広敷番も女中たちと触れあうことはできますぞ」

配下が食い下がった。

「御広敷番と大奥女中が近づくのは、七つ口で勤務しておるときだけ。そこには、かならず我ら伊賀者がおろう。それとも、御広敷番と大奥女中の不義にも気がつかぬほど、伊賀者は鈍ったのか」

冷たい目で百地玄斎が配下を見た。

どこの武家でも家中の男女の交際は許されていなかった。とくに将軍家の血筋を産む大奥においては、厳禁であった。

「そのようなことは……」

あわてて配下の伊賀者が首を振った。

「人手が足らぬのだ。余分なところへ割く人員などないわ。わかったならば、急げ」

百地玄斎に怒鳴られて、伊賀者たちは散った。

滝川の局、その天井裏に和多田要が潜んでいた。

「伊賀者が慌てるのも当然だが、ぬるいな」

要は百地玄斎が伊賀者を番所へ集めた隙を見て、大奥へ入りこんでいた。

「余裕がなさすぎだ」

小さく笑いながら、要が天井板に竹筒を付け、反対側へ耳をあてた。

「もう一度調べなおせ」

いらだつ滝川の声が聞こえた。

体調を崩したおすわの方の面倒を見る数名を七宝の間に残して、滝川は局へ戻り下手人捜しの指揮を執(と)っていた。

「すでに三度いたしましてございまする」

疲れた顔で年嵩の奥女中が言った。

「何度でもじゃ。わかっておるのか、扇(おうぎ)。上様のお子さまを宿しておられるおすわの方さまに毒が盛られたのだぞ。それも我が局の者が調理したものを食されてじゃ」

甲高(かんだか)い声で滝川が叱(しか)りつけた。

おすわの方が倒れてから、滝川はまさに鬼のような形相(ぎょうそう)になっていた。

「わかっておりまする。ご下賜の鱚を滝川さまより受け取った者から、調理を担当した者はもとより、あの場におりましたすべての者を一人一人呼び出して話を訊きましてございまする。それを三度繰り返しましたし、すべての者を裸にし、湯文字(ゆもじ)から、なんだ」

髷のなか、それこそ女の密か所まで探りましたが、怪しいものはいっさいございませ

扇と呼ばれた年嵩の奥女中が述べた。

「だが、ご下賜の鱚に毒はあった。では、どこで入ったというのだ」

「それは……」

問い詰められた扇が詰まった。

「ええい、情けなきよな。もっと調べぬか。よいか、どのようなことをしてもよい。毒を遣った者を捕らえよ」

「お局さま」

「なんじゃ」

姿勢を正した扇に、滝川が訊いた。

「おすわの方さまが和子をお産みになられては困る者の仕業でございましょう」

「当たり前のことを確認するな。なにが言いたい」

いらだちを滝川は隠さなかった。

「ご下賜の鱚を運んでまいったお次は、どこの局の者でございましょう」

「中臈の葉山の部屋だそうだ。たしか、遠山と」

「葉山さまは、どなたに」

大奥の中臈は、上臈の部屋子からあがった者が多い。

「……花園のはずじゃ」

「その者をわたくしどもで調べることはできませぬか」

扇が願った。

「難しいな。なにせ花園は二位。妾は四位じゃ。手出しはできぬ」

「なんとかそこを」

「ふむ」

滝川の目から激情が消えていった。

「お次は、いま切手書によって取り調べられておるはずじゃ」

切手書は、七つ口にあって、出入りする者や書付などの改めを仕事とした。目付にあたる役職がない大奥での監察も担当した。

「なんとか話だけでも聞けませぬか」

「本人をこちらへ連れてくることは難しかろう」

おすわの方の部屋親とはいえ、滝川に大奥女中をどうこうするだけの権はなかった。

「だが、調べに立ち会った切手書を招いて、事情を問うくらいはできよう。紙と矢立をこれへ」

滝川が控えていたお末に命じた。

「……これを七つ口詰め所へ」

書きあげた手紙を、お末に託した。

「はい」

小半刻（約三十分）ほど後、小走りに出て行ったお末に案内されて、中年の奥女中が滝川の局へ顔を出した。

「切手書をしておりまする、中橋(なかはし)でございまする」

「呼び立ててすまぬ。早速だが……」

「遠山のお調べでございますな」

中橋が滝川の望みを口にした。

「うむ」

わずかに滝川の顔がゆがんだが一瞬で戻った。

「おろかな」

やりとりを聞いていた要があきれた。

「上位の者とのつきあいができておらぬな。相手の言葉を遮るなど論外だ。賢い女に見られたいのなら、相手が用件を切り出される前に言わねばならぬ。中途半端だ。あれでは、たいした調べもできておるまい」

要が吐き捨てた。

「…………」

かすかな要のつぶやきが、滝川の局を目指してきた一兵の耳に届いた。

一兵は気配を殺してうかがった。

「今度は誰だ」

忍は任にある間、同族であっても味方とはかぎらない。戦国の昔、忍の技を売ることで生きていたころ、伊賀者同士が敵対している大名に雇われるなど日常であった。

「……お庭番か」

忍装束の色で一兵は相手があのお庭番だと気づいた。伊賀の黒に対し、お庭番は柿の葉色の装束を身に纏う。

「気づかれていないか。よほど階下の様子に気を取られているらしい。今なら不意を突けるが……止めておくべきだな。今の任はお庭番の排除ではなく、おすわの方さまに毒を飼った者の探索だ」

忍の第一義は命をはたすことであった。そのためには、なにがあっても生きて帰らなければならない。

それ以上近づかず、一兵は隠形に入った。

「遠山に怪しいところはございませなんだ。お賄頭どのからご下賜の鱚を受け取ったあとは、ずっと鱚を捧げ持ち、まっすぐに七宝の間へと向かったそうでございまする。それについては、お廊下ですれ違った奥女中たちが、何人も見ておりまする」

自信を持った声で中橋が述べた。

「遠山が鱚へ毒を入れる隙はあったであろう」

「それについては、否定できませぬ」

「遠山の親元なども調べたのであろうな」

「手抜かりはございませぬ」

滝川の念押しに、中橋が首肯した。

「親元は三百石の小納戸で上様の信頼も厚うございまする。また、遠山はここ半年以上大奥より出入りをいたしておりませぬ」

「おすわの方さま、ご懐妊と知ってから、外と連絡しておらぬというのだな」

「はい。手紙のやりとりもございませなんだ。付け加えますると、遠山は未通女でございました」

「男の影もないか。ふううぬう」

つけいるところがないと滝川が、うなった。

一兵が隠形に入って少し経ったとき、御広敷伊賀者同心がやはり天井裏から滝川の局へとやって来た。

「ちっ」

一兵は心のなかで舌打ちした。近づいてきた伊賀者同心は、気配を軽く殺しただけで、警戒もしていなかった。

「………………」

要の気配が変わったのを一兵は感じた。

「あっ」

そこでようやく伊賀者同心も要に気づいた。

あわてて伊賀者同心が懐から棒手裏剣(ぼうしゅりけん)を出して撃った。

「………………」

無言で跳ねた要が、棒手裏剣をかわした。

「くっ」

効果がないとさとった伊賀者同心が、忍刀(しのびがたな)を抜いた。

「しゃっ」

押し殺した気合いとともに、今度は要が手裏剣を放った。薄い鉄の板でできた海星(ひとで)のような形の八方手裏剣をお庭番は好んで使う。当たれば骨を砕く棒手裏剣ほどの力はないが、鋭く研(と)がれた刃は容易に衣服を裂き皮膚や肉を切る。

「なんの」

天井裏に張りめぐらされている梁(はり)を利用して、伊賀者同心が避けた。

「ならば……」

要も忍刀を鞘走(さやばし)らせた。

二人の戦いに一兵は加わらなかった。

「死ね」

「……ふん」

伊賀者同心の一刀を要が受けた。

「浅い」

要が受け止めた忍刀を押した。

「くっ」

後ろへ跳んで伊賀者同心が間合いを空けた。

「甘いわ」

梁を蹴って要が追いすがり、忍刀で突いた。

「あっ……」

伊賀者同心がかわし損ね、左肩を貫かれた。

「くらえっ」

身体をひねって逃げようとした伊賀者同心の鳩尾へ要が拳を叩きこんだ。

「ぐううう」

急所を打撃されて伊賀者同心が意識を失った。ためらうことなく、要は首の骨を折った。血が流れるのを嫌ったのだ。血は臭う。

「気配をさとられたな」

ほとんど声を発しない忍同士の戦いとはいえ、戦いの気配は消せない。大奥周囲にいた伊賀者同心たちに気づかれたのはまちがいなかった。

「聞くべきは聞いた。あとは越中守さまの判断にお任せするしかない」

要が音も立てず、天井裏を走っていった。

「……」

去っていった要の姿が見えなくなるまで待った一兵は倒れている伊賀者同心へと近

づいた。

「……すさまじいな」

最後の拳撃ちの跡を見た一兵は、絶句した。

「手裏剣と刀、それに拳か」

死んだ同僚を片手で拝んだ一兵は、滝川の天井裏を後にした。

「うん……」

鱚を運んだという遠山が捕らえられている切手書詰め所へ向かった一兵は、慌ただしい雰囲気に首をかしげた。

「医師を」

「遠山が自害を致した」

「なんだと」

急いで一兵は詰め所の天井板をずらし、なかを見下ろした。

詰め所の片隅で、懐刀を胸に突き立てた若い大奥女中が白目を剝いていた。

「……胸だと」

一兵は疑問を感じた。

「なぜ首でないのだ」

胸は分厚い着物があるうえ、骨も多い。武の心得があっても、よほど覚悟を決めて思い切り突かなければ、刺すのは難しい。対して首の肉は薄く、大きな血管があり、そこを傷つけるだけでいいのだ。武家女の自害は首を突くものと相場が決まっていた。

「……口封じ。やはり大奥に下手人がおるな」

そっと一兵は大奥を出た。

四

大奥女中自害の一件は、外へ漏れなかった。

「上様もお出でになる大奥で、血が流れたなどあってはならぬ。その者は自害したのではない。病死したのじゃ。よいな。遺体は局の名前で荼毘に付し、実家へは懇ろな手当をしてやるように」

報せを受けた筆頭上臈高岳が対処を述べた。

「しかし、この者は、おすわの方さまの一件にかかわりのある者。表より目付衆などを呼び、徹底して調べをいたすべきかと」

「黙れ。大奥のことは大奥で決める。春日局さま以来の伝統を汚すつもりか」

滝川の異論を、春日局の名前を使った高岳が封じた。大奥にとって創始者として崇められている春日局の名前は絶対であった。

「…………」

不満にゆがんだ顔をしながらも、滝川が黙った。

「この者は、病死ぞ。よいか、大奥で上様のお血筋に対する無礼などあってはならぬのだ。今朝からの騒動もこれで終わりじゃ。筆頭上臈の名前をもって、命じる。今後毒の話をすることは禁じる。なにもなかった。一同、よいな」

高岳が終息を宣言した。

「しかし……」

「……次に死ぬのがそなたでなければよいがの」

言いつのる滝川へ、高岳が氷のような目を向けた。

「ひっ……」

滝川が震えた。

「わかったならば散れ」

最初に高岳が出て行った。

夕刻、伊賀者詰め所まで出てきた大島から探索の中止を告げられた一兵は唖然とした。

「ことはなかったのだ。よいな、今後余計な手出しはするな」

「はっ」

一兵はうなずくしかなかった。

要から報告を受けた松平定信が絶句した。

「おすわの方へ毒を運んだかも知れぬ女中が自害した。それを病死とするだと……本来ならば、目付に届け出て、検屍させ、調べるのが筋ではないか」

大きく松平定信が身体を震わせた。

「隠しとおすつもりか、大奥の女ども。させぬわ。田沼と手を組み儂を田安から放り出しただけでなく、上様の和子さままで水にする気か。させぬ」

松平定信が怒りを露わにした。

おすわの方に毒を盛ったかも知れない奥女中が自害した。それも表向き病死として片付けたことが、大奥に大きな揺らぎを残した。

十代将軍家治の子を孕んだおすわの方へ害意を抱いた奥女中が、死んだとはいえ咎められなかったのだ。

「上様へ申しあげる」

一夜明けた翌朝、大奥上臈滝川が憤怒の声をあげた。

「しかし、高岳さまが表沙汰にいたすなと仰せられたのではございませぬか。筆頭上臈さまにさからうのはいかがかと」

扇が止めた。

「なにを申すか。筆頭上臈と申したところで、たかが終生奉公の女中でしかない。おすわの方さまは違う。上様の和子さまを産まれ、お部屋さまになられるのだ。もし、お生まれになったのが男子であれば、おすわの方さまは、ご生母さまじゃぞ」

上ずった声で滝川がわめいた。

「そのご生母さまのお命を狙ったのだ。それこそ、一族郎党磔にしてあたりまえじゃ。だけではない、あの者の部屋親であった葉山、その先の花園も、大奥全体の責を負わねばならぬ高岳も咎められなければならぬ。それをなかったことにするなど……」

「今は、そのようなことより、おすわの方さまのご体調を」

声が大きくなった滝川を、扇がなだめた。

「……そうであった」

ようやく滝川が落ち着いた。

「医師はついておるのか」

「はい。お倒れになられてからずっと二人が、七宝の間に詰めておりまする」

扇が答えた。

「こうしてはおられぬ。おすわの方さまのお見舞いに参らねば」

慌ただしく滝川が局を出た。

出産する正室、側室のために用意された七宝の間は、医師たちの控え室も内包していた。

「どうじゃ」

いきなりおすわの方の寝ている上段の間へ行かず、滝川は医師の控え室を訪れた。

「落ち着かれておられまする」

初老の奥医師が告げた。

「では、もう大事ないのだな」

滝川が喜色を浮かべた。

「まだ、毒の種類がわかっておりませぬ。ものによっては、後から効いてくる毒もあり、数日経ってから急変なされるということも……」

問われて奥医師が述べた。

「それを防ぐのが医者の仕事であろう。それでよく奥医師が務まるわ」

「……………」

怒鳴りつけられた奥医師が沈黙した。

幕府へ仕えている医師には、奥医師、表御番医師、御広敷見回り、小石川養生所医師などがあった。なかでも将軍とその家族を診る奥医師がもっとも高位であった。

「なんとかいたせ。おすわの方さまに万一あれば、そのままですまさぬぞ。もちろん、和子さまが流れるようなことになっても同じじゃ」

「できうるかぎりのことは」

奥医師が頭を下げた。

「……ふん」

少しの間冷たい目でにらみつけた滝川が、襖(ふすま)を開けて上段の間へと移った。

「いかがでございましょうや」

医師を罵(ののし)ったのとは別人のような柔らかい声で訊きながら、滝川が夜具に横たわっているおすわの方へ近づいた。

「……滝川さま」

青白い顔でおすわの方が応え、身を起こそうとした。

「そのまま。そのままで」

滝川がおすわの方を押さえて寝かせた。

「怖い、怖うございまする。毒を飼われるなど……死にたくはございませぬ。どうか、どうか、わたくしを大奥から出してくださいませ」

細かく身体を震わせておすわの方が滝川にすがった。

「無理を仰せられますな。お方さまは、上様のご側室。そしてお腹さまなのでございまする。大奥から出られるなどとんでもございませぬ。ご心配には及びませぬ。今後はわたくしが万全の準備をいたしますゆえご安心くださいませ」

滝川が首を振った。

「ですが……」

信用できるはずはなかった。分厚い守りをすり抜けて、毒が打ちこまれたのだ。

「お方さま」

厳しく滝川が呼んだ。

「………」

「わがままを仰せられるな。お方さまの胎内(だいない)には、上様のお胤(たね)が宿っておられるのでございますぞ。その高貴なお胤を、市中へ移すなどとんでもない。それに……」

滝川が声を潜めた。

「大奥にあればこそ、お胤の正統は疑われませぬ。外に出れば、お胤が上様のものではないと言い出す輩（やから）がかならず出て参りまする」

「どういうことでございましょう。真偽などあろうはずもございませぬ」

「入れ替わるという疑惑でございまする」

「馬鹿な……」

「あり得ぬ話でございまする。ですが、それを声高に言う愚か者がおるのも事実。もし若君がお生まれになられ、十一代さまと称されたとき、そのような噂（うわさ）を立てられでもすれば、ご威光に傷がつきましょう」

滝川が説明した。

「では、わたくしは身二つになるまで、ずっとここにおらねば……」

「若君さまがお生まれになれば、死ぬまで大奥でお過ごしいただくことになりまする。ご奉公申しあげるときから、大奥は終生奉公とご存じだったはず」

「命を狙われるなど聞いてはおりませぬ」

「ご辛抱をなさいませ。もちろん、二度とこのようなまねはさせませぬ。わたくしが命に替えてもお守りいたしまする」

「ああああ」

淡々と言う滝川に、おすわの方が混乱した。

「これ、奥医師」

「……ただちに」

控え室から奥医師が駆けてきた。

「お方さまが、ご惑乱である。沈静のお薬を」

「なにをなされたのでございまするか。お方さまは、絶対安静でございますぞ」

奥医師が咎めた。

「お治めするのが、そなたの任であろう」

言い返した滝川が、奥医師から目を控えていた奥女中へと向けた。

「妾は、少し用をすまさねばならぬ。よいか。誰であろうとも、決してお方さまのおそばに近づけるな。上段の間へ入れることは許さぬ。あと、お方さまのお口に触れるものは、すべて毒味いたせ。毒味を終えてから小半刻（約三十分）過ぎて異常なきもののだけ、差し上げていい」

「承知いたしましてございまする」

　奥女中が首肯した。

「もし、お方さまになにかあれば……きさまら全員生きてはおれぬと思え。実家も無事ではすまさぬ」

「……は、はい」

　脅された奥女中たちの顔色がなくなった。

　七宝の間を出た滝川は、大奥と外の出入りいっさいを監督する表使い部屋へ足を運んだ。

「これは滝川さま」

　部屋で仕事をしていた大島が驚いた。

「わざわざのお見えとは、なんでございましょう」

　立ちあがって大島は、滝川へ上座を譲った。

「そなたが当番か」

　滝川が眉をひそめた。

　大島の部屋親である上臈飛鳥井と滝川は、大奥での順位を争う犬猿の仲であった。

「老中と面談をいたしたい。手配を」

　滝川が命じた。

「ご老中さまのご都合をうかがわねばなりませぬので、明日以降となりまするが」

「今日じゃ。いや、今すぐに会いたい」

「それは難しゅうございまする。ご老中さまは御用繁多。とても急なお目通りは……」

「黙れ。その小賢しい口を封じよ。わらわは手配をいたせと言ったのじゃ。できるできないを訊いたわけではない」

諭すように言った大島を、滝川が叱りつけた。

「わかりましてございまする。なれど、かならずかなうとは限りませぬ。それをご承知置きくださいませ」

「それをどうにかできてこそ、表使いであろう。話をしに行くだけならば、お末で用はすむ。子供の使いでないことを見せよ。でなくば、そなたの解任を筆頭上臈さまへ上申することとなろうぞ」

滝川が圧力をかけた。

感情を押し殺して大島が問うた。

「お目通りの用件は」

「上様の大事じゃと申せ」

「では、ただちに」

将軍にかかわることとなれば、表使いでは止められなかった。

「待て。主殿頭……どの以外じゃ」

一瞬、敬称を付けるのをためらった滝川が注文をつけた。

「となりますると松平周防守（まつだいらすおうのかみ）さま、久世大和守（くぜやまとのかみ）さま、水野出羽守（みずのでわのかみ）さまのどなたかに」

わざと大島は名前を挙げた。

「いや、大和守どのと出羽守どのは、よろしくない」

「はて、なぜでございましょう」

わからぬといった顔で大島が問うた。

「なんでもよい。周防守どのへの面会を手配いたせ」

理由を答えず、滝川が告げた。

「そのように」

大島は、御広敷用人と面会すべく、表使い部屋を後にした。

「田沼さまを排除したつもりか。無駄なことを」

歩きながら大島は小さく笑った。

先ほど滝川の避けた二人の老中は、田沼主殿頭意次の腹心であった。対して松平周防守康福は、田沼主殿頭が老中になる前から筆頭老中として御用部屋に君臨していた。しかし、そのじつ、娘を田沼主殿頭意次の嫡男意知の正室とするなど、しっかり結びついていた。

「おすわの方の一件を上様へお報せ申すつもりであろうが……」

すでに、おすわの方へ毒が盛られたとの話は、御用部屋まで報告されていた。それを田沼主殿頭は、将軍家治への負担が大きいとして口止めしていた。

「今の幕府に、主殿頭さまへ逆らう者などおらぬ。そのことに気づいてさえおらぬゆえ、順位を落とされるのだ」

一人呟きながら、大島は下のご錠口を開けさせ、御広敷用人へ滝川の望みを伝えた。

「滝川さまのご希望でございまするか」

御広敷用人があわてた。

滝川の部屋子おすわの方懐妊の話は、幕府で大きなうねりを起こしていた。血を引く跡継ぎのない家治の子なのだ。男子が生まれれば、まちがいなく十一代将軍となる。その将来を見こして、滝川へ誼を通じようとする役人が、増えてきていた。

「ただちにお話をつうじまする。上様のお大事とあれば、周防守さまも否やと言われることはございますまい」

急いで御広敷用人が走った。

「なにっ、大奥上臈の滝川が、余に会いたいとな」

御広敷用人から用件を聞かされた松平周防守が、苦い顔をした。

「政務多忙だというに」

老中となって二十年に近い松平周防守のもとへ持ちこまれる案件は、他の老中たちより多い。まさに寸暇もないのだ。

「なんとかうまくなだめられぬのか」

松平周防守が御広敷用人へ言った。

「大奥の女はうるそうございまする」

御広敷用人が首を振った。

大奥は表にかかわらない。表は大奥へ手出しをしない。三代将軍家光の乳母であった春日局が大奥を創始して以来の不文律であった。

といったところで、これは表向きの話である。

大奥は己たちの生活を維持するため、倹約を命じるなど都合の悪い役人を排除してきた。また、表役人も大奥の女を通して将軍へ取り入り、己の地位の向上や保全をおこなってきた。表と大奥は持ちつ持たれつの関係であった。

「それをどうにかするのが、御広敷用人であるそなたの任であろうが」

「…………」

叱られた御広敷用人だったが、詫びの言葉も口にせず、軽く頭を下げただけであった。

大奥ともっとも密接に繋がる御広敷用人は、なかなか難しい役目であった。大奥の女たちの要望をうまくこなさなければならない。だけに、一度信頼関係ができると、大奥からの支持を得られた。

大奥の庇護を受けた御広敷用人の罷免、転属は、老中でもそう簡単にはできなかった。

「……いたしかたない。二刻（約四時間）ほど後、御広敷へ出向く。そう伝えよ」

言い終えるなり、松平周防守は御広敷用人の返答も聞かず、御用部屋へと戻った。

大島から緊急の呼びだしを受けたとき、御厨一兵は御広敷にいた。お庭番和多田要と伊賀者同心の争いが大奥であり、御広敷伊賀者の緊張はこれ以上にないほど高まっていた。

勤務から外されているとはいえ、一兵も伊賀者同心である。一人組屋敷へ帰るわけにはいかなかった。

「お呼びで」

「滝川が、老中と会うそうだ。なにを話すか聞いて報告いたせ」

「はっ」

大島に命じられた一兵は、大奥の客間である御広敷座敷へと忍んだ。

「…………」

老中といえども、大奥へ供を連れることは許されない。松平周防守は一人で下のご錠口を入った御広敷座敷に足を踏み入れた。

「よくぞ、お出で下された」

滝川が待っていた。

「お呼びと聞いた」

不機嫌を隠そうとはしなかったが、松平周防守の口調は同僚に対するものであった。

「ご存じのことでございましょうが、昨日、おすわの方さまに毒を盛った者がおりました」

「そのことは秘すと決められたはずでござる。その話ならば、聞きませぬぞ」

松平周防守が制した。

「是非とも周防守さまだけにお聞かせいたしたい」

甘えた声を滝川が出した。

「なんでござろう」

さすがに近づいては来ないが、みょうなしなを作る滝川から、松平周防守は少し退いた。

「先ほどおすわの方さまとお話をいたしましてございまする」

滝川が朝の様子を述べた。

「大奥を出たいと」

聞いた松平周防守は、腕を組んだ。

「そこまでおすわの方さまは……よろしくない」

懐妊している女への負担は胎児に影響を及ぼす。

「かと申して、おすわの方さまへお実家（さと）帰りを許すというわけには参りませぬ」

「当然じゃ。お城から上様のお胤をお出しするなど論外である」

松平周防守も同意した。

「となれば、お方さまにご安心いただくだけの用意をせねばなりますまい。警固の奥女中を数十名、吾（わ）が局へ配してくださいませ」

本題を滝川が口にした。

「数十名……無理を言われるな。そんなことをすれば、大奥の序列が崩れる」

驚いて松平周防守が拒否した。

大奥の上臈たちは順位に応じただけの女中を局に集めることが許されるのだ。女中が多いと幕府から下される扶持米も増える。そこに女中たちの実家からの付け届けもある。どこでも同じだが金の豊富な者ほど、権は強くなった。

現在大奥でもっとも多くの女中を抱えているのは、筆頭上臈の高岳である。それでもお末を合わせても十名を少しこえるていどでしかない。

四位でしかない滝川の局に数十名が加われば、大奥の順位は形骸となる。

「それではおすわの方さまのご不安を取り除けませぬ」

「ううむ」

「懐妊している女は常とは違い、心の揺れが普段よりも大きくなりまする。それが過ぎれば、お腹の子に影響が出まする。最悪、お胤が流れてしまう事態にもなりかねませぬ」

「流れる。それはよろしくないぞ」

松平周防守があわてた。

すでに今、松平周防守と滝川が会っていることは、幕府の誰もが知っている。そこでどのような話がされたかなども、一日かからず広まっていく。

滝川の提案したおすわの方警固の増員を松平周防守が拒否したとなっては、万一のおりの責任問題となった。

老いた家治にとって最後の希望ともいうべき胤なのである。下手をすれば、松平周防守は切腹しなければならなくなる。

「余一人の判断では無理である。御用部屋へ持ち帰り検討いたす」

「なにとぞよしなにお願い申しあげまする。頼りとするは周防守さまただお一人でございまする。ことがかなえば、おすわの方さまに周防守さまのご尽力をお話しいたしまする。……いずれはおすわの方さまから上様のお耳に」

腰を浮かせた松平周防守へ一膝(ひとひざ)近づき、滝川がささやいた。

「……ごめん」

応えることなく、松平周防守は、大奥の客間を後にした。

松平周防守は、御用部屋へではなく、将軍家お休息の間へと向かった。

「主殿頭どのはおられるか」

「はい。しばしお待ちを」

お休息の間外の畳廊下で控えていた小姓が、立ちあがってなかへと入っていった。

「周防守どの。なにかござったのかの」

待つほどもなくお休息の間から田沼主殿頭が姿を現した。

十代将軍家治の寵臣である田沼主殿頭は、老中でありながらほとんど御用部屋にはいなかった。家治がお気に入りの家臣である田沼主殿頭を離さないからであった。

「御用中にすまぬな。あちらへ」

お休息の間から離れたところへ、田沼主殿頭を誘いながら、松平周防守が詫びた。

「……ふむ。滝川がそのようなことを申したか」

話を聞いた田沼主殿頭が嘆息した。

「数十名も女中を増やせば、上様もお気づきになられよう」

「おそらく」

松平周防守も同意した。

「警固となれば、女で武術に優れた者を求めることとなろうが……おすわの方さま近くに侍らせるとなれば、上様のお目にも止まる。お目見え以下というわけには行くまい」

「旗本の娘から選ばねばなりませぬな」

「うむ。十一代さまとなられるかも知れぬお胤を宿した側室の警固じゃ。うまくいけば、家の出世に繋がる。それこそ、山ほどの旗本たちが娘をと願い出るであろう」

戦のない泰平の世で、旗本たちが出世するには、役に就くか、娘を大奥へ入れてその引きを願うかしかない。

「主殿頭どのの屋敷には、列ができましょうな」

金で融通を利かせると評判の田沼主殿頭である。娘を大奥へ入れたい親が、付け届けを持ってくるのは、避けられなかった。

「それならばまだよいのだ。問題は、上様へ直接願う者が出ることよ」

小さく田沼主殿頭が嘆息した。

おすわの方の食事に毒がしこまれていたことは、家治の耳にいれてはいない。家治の側に仕える小姓、小納戸への口止めはすませてあったが、目通りを願うすべての旗本、大名を抑えるのは無理であった。

「上様は気づかれると」

「うむ」

田沼主殿頭がうなずいた。

「かといって滝川の要求は正当。お腹さまの身辺警固の増員を拒否するは、上様への不忠にも繋がる。大声で叫ばれては、周防守どのだけではなく、御用部屋全体の失態になる」

「まずいことになりましたな」

歳上の松平周防守であったが、田沼主殿頭には慇懃（いんぎん）な対応をしていた。

「……ふむ。これを逆手に取るか」

少し思案した田沼主殿頭が呟いた。

「逆手……と言われると」

「増員のなかへ、我らの手を忍ばせる」

「……まさか」

松平周防守が息をのんだ。

「お生まれになるのが女子（おなご）ならば、なんの問題もない。それこそ一橋豊千代さまと娶（めあわ）せれば、上様のお血筋も残せる。だが、もし若君ならば……」

「豊千代さまが不要となる」

「そうだ。そしてそれは一橋卿（きょう）の暴発をふたたび招くことになる」

田沼主殿頭が悲愴（ひそう）な顔をした。

「家基さまの二の舞」

震える声で松平周防守が言った。

「それ以上であろうな」

頬をゆがめて田沼主殿頭が述べた。

十代将軍の嫡男、家基は鷹狩り中に発熱、奥医師を総動員しての手当もむなしく、三日後死去した。享年十八。曾祖父吉宗によく似た頑健な身体と聡明な頭脳を持ち合わせ、名君と期待された家基の死は、家治を打ちのめした。

「我らの油断であった。今どき上様のお血筋へ手出しをする者などおるまいと安心しきっていた。それが、家基さまを殺した」

「………」

「この停滞した幕政を、八代将軍吉宗さまのように変えてくださるお方とご期待申しあげておったのだが……」

絞るような声で田沼主殿頭が悔やんだ。

家基は若いころにありがちな潔癖な考えで、賄賂を受けとる田沼主殿頭を嫌っていた。

「余が将軍となったあかつきには、主殿頭を除く」

こう公言してはばからなかった。よって、家基の死は、権威を失う恐怖に襲われた田沼主殿頭の仕業と思われていたが事実は違った。

「卑賤(ひせん)であった田沼家を引きあげ、大名にまでしていただいた。大恩ある家治さまのお子さまじゃ。家基さまが仰せられるなら、明日にでも隠居するつもりでおった。儂などおらずとも、家基さまは英邁(えいまい)。幕政はよりよく進んだはず。家治さまもお楽しみであられた。家基が二十歳になれば、躬(み)は隠居し、将軍位を譲って大御所(おおごしょ)となろう。こう仰せられていたのだ。それを目前にして……上様がどれだけ無念であらせられたか」

田沼主殿頭にとって、全幅の信頼を置いてくれる家治だけが、主君であった。

「主殿頭どの……」

松平周防守が痛ましい顔をした。

「その家基さまを殺した輩の子を十一代将軍とせねばならぬ」

「上様の命と引き替えでござる」

「うむ。一橋め。豊千代を跡継ぎにせねば、次は上様を害すると脅(おど)しおった。あのときほど無力を感じたことはなかった」

「なれど、あのときはいたしかたござらなかった。家基さまの周囲も信用のおける者で固めていた。なのに、家基さまは死んだ。同じことが家治さまに起こらぬという保証はない」

二人の執政が顔を合わせた。

「それは今も同じだ。あの後、上様のお側近くに侍る者はすべて徹底して調べあげた。だが、誰一人不審な者が浮かびあがってこぬ。まして、大奥ともなると闇のなかじゃ。もし、この状況で上様に若君がおできになれば、一橋はまちがいなく動く。若君さまがお生まれになって、嫡子とされるには少なくとも数日が要る。その間に上様を害したてまつれば、十一代となるは豊千代」

「防げぬか」

「無理だ。今の小姓、小納戸も全員に一橋とのつながりがない。それが不気味よ。普通はどこかで糸が見える。それさえないほどに完璧な隠避。とても対応できぬ」

力なく田沼主殿頭が首を振った。

「お庭番を使ってもわからぬと」

「そのお庭番が信用できぬ。八代さまはお庭番をそれぞれの子供たちへつけられた。それらが、今どうなっているか。まったく知れぬ」

「吉宗さまも要らぬことをしてくださった。たいせつなのは、将軍家のみ。他のご一門は、万一の予備でしかないというに」

「将軍家御身内衆などと御三卿など作られるからよくないのだ。すでに御三家がある。そのうえに重ねられるから、御三卿が思いあがるのだ。我らにも将軍となる権利があるなどとな」

吉宗への文句を田沼主殿頭がつけた。

「とにかく、上様への手出しはなにがあってもさせてはならぬ。将軍家がどのような形にせよ殺されるようなこととなれば、幕威は失墜する。なにより殺された将軍という汚名を家治さまに着せるわけにはいかぬ」

田沼主殿頭が強く宣した。

「そのためならば、儂は、上様のお胤といえどもためらわぬ。大樹は幹があってこそ立つのだ。枝葉はなくともどうにかなる」

「やむをえますまい」

苦渋に満ちた顔で松平周防守も同意した。

「一橋に手は……」

「出せるものか。いや、上様と天秤にかけるほどあやつの命など重くはない。うかつに動いて暴発されては元も子もなくなる」

吐き捨てるように田沼主殿頭が言った。

「では、増員を認めてよろしいな」

「増員は十名。ただし、人員の選定は御用部屋でおこない、これらの者は七宝の間付きとする。そう大奥へお伝え願おう」

増やす女中を滝川の局ではなく、産屋である七宝の間付きとすることで田沼主殿頭は、大奥の秩序を保とうとした。

「承知。滝川には有無を言わせませぬ。お任せあれ」

松平周防守が立ちあがった。

「儂はもう一手打っておく。大奥で騒動を起こすのだ。伊賀者を押さえておかねばなるまい」

田沼主殿頭も腰をあげた。

五

大島から滝川が老中松平周防守と会ったと聞かされた上臈飛鳥井が、頬をゆがめた。

「話の内容はわかっておるのか」

「伊賀者を使い、聞きましてございまする。滝川は……」

飛鳥井の問いへ大島が告げた。

「人をか。で周防守の返答は」

「御用部屋が手配し、十名用意するとのこと」

「十人もか」

すっと飛鳥井の顔色が変わった。

「しかし、ご老中さまのご決断とあれば、異を唱えるのは難しゅうございまする」

「……くっ」

強く飛鳥井が唇を嚙んだ。

「その者たちが大奥へ来るのはいつじゃ」

「これから選定が始まるはずでございますので、早くて十日はかかるかと」

大島が答えた。

「それまでになんとかせねばならぬ……大島」

飛鳥井が声を潜めた。

「これ以上待っているわけにはいかぬ。花園が失敗した以上我らが動くしかない」

「なにをすれば……」

「伊賀者に命じて、おすわの方を……」

「…………」

最後まで飛鳥井は言わなかった。大島が息をのんだ。

「滝川が浮けば、妾が沈む。妾が沈めば、そなたは終わる。……よいな」

「……成し遂げた後、伊賀者は」

「そなたの考えどおりにするがいい。旗本へ推挙してやるもよかろう。もっとも口止めができなければならぬ。不安ならば始末するのも一手。もちろん、そなたの身体で虜にするのもありじゃ。さすれば、後々も役に立ってくれよう」

どうしろと飛鳥井は明言しなかった。

「この一件が無事に片付いたおりには、年寄りへの推挙をしてくれよう」

「年寄りでございまするか」

言われた大島の声が跳ねた。

年寄りとは、大奥上臈のすぐ下の地位である。中臈よりも格上であり、大奥の実務を取り仕切った。己専用の執務部屋を与えられ、大奥の外へ出るときは、十万石の扱いを受けた。激務ながら実入りの少ない表使いとは、雲泥の差があった。

なにより年寄りになれば、独立した局を持つことが許される。そうなれば部屋子を抱えられた。その部屋子に将軍の手がつき、若君でも産んでくれれば、次代の大奥を牛耳(ぎゅうじ)るのは大島となる。

「きっとお約束を」

「わかっておる」

念を押す大島に、飛鳥井が首肯した。

ふたたび呼び出された一兵は、大島の命に絶句した。

「な、なにを……」

「うまくいけば、御広敷番頭にしてやる」

「御広敷番頭……お目見え以上」

伊賀者同心を束ねる御広敷番頭は、百俵高、役料二百俵を与えられ、御広敷門を出入りする者すべてを管轄した。御広敷用人の下に付き、石高は低いがお目見えが許された。最初に一兵が大島から約束された御広敷番の上であった。

「……し、しかし、上様のお胤を……」

「断るな。これは大奥の総意でもある。大奥を敵に回して生きていけると思うてか」

「…………」

大島の脅しが一兵から言葉を奪った。

御広敷伊賀者同心ほど大奥の恐ろしさを知る者はない。たとえ、今、おすわの方を殺すように命じられたと誰かに話したところで、大島の首が飛ぶだけで、大奥は傷一つつかない。そして、大島を、いや、大奥を売った一兵へ報復の手は伸びる。そのとき、襲い来るのは伊賀者同心だ。

「そなたには妹がおるそうじゃの。なかなかに見目麗しいと聞く。大奥へ務めさせてはみぬか」

大島が唇の端をつりあげた。

「どうしてそれを」

三十俵三人扶持、侍ともいえぬ身分の伊賀者同心、その妹まで大島が知っているとは思わなかった。

「そのていどのこと、百地に訊けばすむであろう」

百地とは御広敷伊賀者同心組頭の百地玄斎のことである。大島があっさりと告げた。

「十日後にはおすわの方の身辺に警固の者が増える。それまでにな」

「……承知」

餌と脅迫、一兵はうなずくしかなかった。

和多田要からおすわの方へ毒を盛ったとされる女中遠山の死を知らされた松平定信は、憤りを冷たい決意へと変えていた。

「おすわの方を守れ」

松平定信が、和多田要に厳命した。

「承知いたしましてございまする。ただ、永遠に守護し続けることはできませぬ。忍といえども人、食事も睡眠もとりまする。そこに隙はどうしても生まれまする。両方を抑えて、緊張を保てるのはせいぜい五日。確実なのは三日でございまする」

「三日では話にならぬ。かといって、あらたな人員を求めるわけにはいかぬ。かかわる者が増えれば、それだけ秘は保てなくなる。今、この段階で、あからさまに田沼主殿頭や大奥と敵対するのはまずい」

松平定信も十一代将軍が一橋家の豊千代に決まったと知っている。そこで、まだ男か女かもわからぬ胎児へ、独り旗を傾けるのはまずい。このまま一橋豊千代が十一代将軍となったとき、確実に松平定信は干される。

もっとも今から鮮明に旗を掲げておけば、男子出生のあかつきには、田沼主殿頭らを蹴散らして、松平定信が老中筆頭となるのも確実であった。

「博打をするわけにはいかぬ。すでにこの身は一度負けておるのだ」

御三卿筆頭の田安家が猛反対したにもかかわらず、定信は譜代とは名ばかりの白河藩松平家へ養子に出された。

白河藩は久松松平の庶流であった。久松家の出は尾張の豪族で、家康の母伝通院の再婚先であった。そのおかげで松平の名前を与えられてはいるが、もともと織田の被官であったことや、家康の血を引いていないことなどから親藩として扱われてはいなかった。

「一度臣下へ落ちた身。今さら将軍になることは適わぬ。ならば、せめて老中となり、幕政を田沼主殿頭から取りあげてやる。そのためにならなんでもする。たとえ、敵である主殿頭のもとへ膝を曲げることも厭わぬ」

また白河藩は、久松松平家の末弟定勝の末裔というのもあり、歴代の藩主たちで幕府の役職に就けた者はほとんどいない。そこから老中を目指すには、なんでもしなければならぬと、松平定信は田沼主殿頭へかなりの金額を賄として贈っていた。

「いや待て……」

「…………」

松平定信が独りごちた。

「守るより攻めるが楽か」

「はい。守勢は攻勢の三倍気を遣いまする。守る側は、いつ攻めてこられるかわからないため、ずっと気を張っていなければなりませぬ。いわば、ときの利を相手に奪われているも同然。そのうえ、このたびは場所が大奥。わたくしにとって敵地でござれば、地の利さえもありませぬ」

冷静に和多田要が答えた。

「ならば、逆におすわの方を亡き者とするのは……」

「たやすいことでございまする」

淡々と和多田要が言った。

「一橋に恩を売っておくか。主殿頭よりもあつかいやすかろう」

ふたたび松平定信が思案に入った。

「いかがいたしましょう。守りに入るならば、すぐに取りかからねばなりませぬ」

和多田要が決断を促した。

「……わかった。攻めよ。飛鳥井と手を組む。大奥から伊賀者の警固を外すようにさせよう」

しばし考えて、松平定信が命じた。

「承知いたしましてございまする。攻めるだけなら、わたくし一人で十分」

松平定信の要求を、和多田要が受けた。

大島から命じられた一兵は、一度御広敷を出て組屋敷へと戻った。

「おかえりなさいませ」

妹が出迎えた。

「夕餉の用意をいたしましょうか」

少し早いが、妹が問うた。

「いや、いい。少し休む」

一兵は首を振って、自室へ籠もった。

「戦国の昔ならば迷うことなどないであろうな」

引き受けたとはいえ、おすわの方を亡きものにせよとの命は、一兵に重くのしかかっていた。敵将を夜中密かに仕留めた戦国の伊賀者はもういない。今、ここにあるのは幕府から与えられる薄禄で糊口をしのぐ貧乏御家人なのだ。幕府への忠誠を叩きこまれてしまった今、まだ生まれていないとはいえ、将軍の胤を殺すのは、どうしても避けたかった。

「しかし、従わねば先はない」

大島が大奥上臈第三位飛鳥井の部屋子だと一兵は知っている。このたびのことも、飛鳥井の意向だとはわかっていた。老中に匹敵する権力を誇る大奥の上臈と対立して、伊賀者同心が生き残れるはずもなかった。

人は誰でも己の命がもっともたいせつである。続いて家族が重要であった。一兵には隠居した父、母、そして嫁に行っていない妹がいた。その家族と会話さえしたことのないおすわの方を秤にかける意味はなかった。

「やるしかない」

やはり結論はそこにいった。

「だが、ことをなしたあと、吾は生きておれるのか」

一兵の懸念は当然であった。大島、いや、飛鳥井にしてみれば、おすわの方を殺した一兵は生き証人なのだ。捕まりでもすれば、累が及びかねない。捕まらなければ、後々なにかとたかって来かねないのだ。なにより、愛妾とそのお腹にいた子供を殺されて、将軍家治が黙っているはずもない。人身御供として差し出される結末は避けようがなかった。

「褒賞は旗本への推挙ではなく、地獄への案内だろうな」

一兵は嘆息した。

「逃げるか」

家族とともに江戸を離れるかと一兵は考えた。

「禄を捨てて、どうやって生きる」

それも無理であった。

「…………」

一兵は沈鬱な気分であった。

己が道具にすぎないことは十分承知していた。忍とはそういうものだとわかっていた。しかし、いざ己の身に降りかかってくれば、その理不尽さがたまらなかった。

「生き残るには……」

寝ていた一兵は起きあがった。

「大奥に対抗できる力を持つお方を頼るしかない。かといって松平越中守さまはあのお庭番の主、とても手助けはもらえまい。となると田沼主殿頭さましかない。だめでもともとだ」

一兵は、夕餉も摂らずに組屋敷を出た。

江戸の町は暗い。かつて辻ごとに設けられていた街灯も、武家の窮乏につれて、その多くが灯されなくなっていた。

「さすがは、当代一の主殿頭さまよ」

田沼家の上屋敷は違っていた。田沼主殿頭へ誼をつうじ、なにかしらの便宜を図ってもらおうと考える者たちが行列をなしていた。その客人のため、田沼家では篝火を赤々と燃やし、昼間のように明るくしていた。

「これだけ人がいれば、入りこむのは簡単だ」

出入りする人に紛れて、一兵は田沼家の屋敷へ忍びこんだ。

「忍はいないか」

床下を進みながら、一兵は息を吐いた。

泰平の世に忍の出番はない。代々忍を抱えてきた幕府、外様の大大名のもとにかろうじて生き残っているだけで、老中といえども自前で忍をもつことはできなかった。

「よしなにお願いを奉る」

最後の客が帰ったのは、一兵が床下へ忍んでから二刻（約四時間）後であった。

「茶をお持ちいたしましょう」

近習が田沼主殿頭の側を離れた。

「主殿頭さま」

一兵は呼びかけた。

「誰かの。今夜の客は終わったはずだが」

落ち着いた態度で田沼主殿頭が咎めた。

「御広敷伊賀者御厨一兵にございまする」

「……伊賀者」

田沼主殿頭の口調が少し厳しくなった。

「顔を見せろ。姿を隠した者と話をする気はない」

「ご免を」

求められて、一兵は床下から畳をあげて、書院へと入った。

「殿」

近習が気配を感じたのか、襖の外から声をかけた。

「よい。誰も入ってくるでない」

「はっ」

制されて近習が従った。

「おすわの方さまのことだな。申せ」

「畏れ入りまする……」

すぐに用件を悟った田沼主殿頭へ敬意を表しながら、一兵は事情を語った。

「大奥の総意か」

田沼主殿頭が苦い顔をした。

「考えることは皆同じだな」

「…………」

「御厨と申したな。で、そなたは余に報せてどうしたいのだ」

無言で頭を下げ続ける一兵へ、田沼主殿頭が訊いた。

「おすわの方さまをお救い申しあげる方法をお教え願いたく」

「ないな」

あっさりと田沼主殿頭が首を振った。

「さようでございまするか」

一兵は嘆息した。

「そなたはなんの案も持たず、余のもとへ来たのか」

「忍は手足でございまする。考えるのは頭の仕事」

「それでこれからの世を渡っていけるか。そなたもわかっておろう。すでに侍の時代は終わっている。今、天下を動かしておるのは商人だ。理由はわかるな。商人には金があり、武士にはない。そして、金がなければものが買えぬ。金を持つ者が真の天下の主なのだ」

「……はい」

貧しさでは天下に並ぶ者のない伊賀者同心である。金の力は身に染みている。

「戦国のころは、天下の主が最大の金満であった。豊臣秀吉公の遺産は、金銀を満載した先頭の馬が京へ着いたとき、まだ最後尾は大坂城を出ていなかったほどだと言われた。また、神君家康公の遺されたものも莫大であった。その金がいつの間にか幕府からなくなった。使うことばかりで稼ぐことをしなかったからだ。その体質を変えねば、遠からぬ日、借金で幕府は倒れる」

はっきりと田沼主殿頭は幕府の終焉を口にした。

「………」

一平は息を呑んだ。

「そうなれば、余もそなたも終わりぞ。黙っていても入ってきた禄がなくなるのだ。手足がものを考えれば、頭が混乱するなどという黴の生えたような古い言いわけに逃げるな。どうすればよいかを考え、自らの力で生き残れ」

「なれど伊賀者同心では、できぬことが多すぎまする」

「足らぬところは余が手を貸してやる」

「はあ……」

　言われたところで、一兵は困った。

「一つ話をしようか。なぜ、おすわの方さまのご懐妊がこれほど問題となっているか。それは上様にお血筋がないからだ。上様に嫡男がおられれば、おすわの方さまを狙う意味などない。たとえ、おすわの方さまが男子を産まれても、将軍となられるわけではない。いずれ別家されるか、空き館となった田安家を継がれるかで、江戸城から出られるのだ。お腹さまになったとはいえ、おすわの方さまの権はそれほど大きなものとはならない。しかし、上様にお子さまのない今、男子を産まれれば、おすわの方さまは将軍生母となられるのだ。大奥随一の権力者にな。それが他の上臈たちには耐えられぬ。己の手にある権を失うことになるからな」

「はい」

「ではなぜ、表がおすわの方さまを守らぬかと不思議であろう。いかに大奥が男子禁制とはいえ、やりようはいくらでもあるのだからな」

「お聞かせ願えまするか」

　田沼主殿頭へ一兵は問うた。

「知るだけの身分ではないが、まあよかろう。ことは吉宗さまが御三卿を作られたことにまでさかのぼる。長子相続を旨とする徳川の慣例に従って、吉宗さまは嫡男家重さまへ将軍位を譲られた。そして残ったお二人の若君に田安家、一橋家を立てさせた」

「………」

それぐらいのことは、一兵でも知っていた。

「かつて神君家康さまが御三家を作られたときにも同じことがあったそうだ。将軍となれなかった弟たちが、兄の座を狙ったそうだ。尾張の徳川義直さま、紀州の徳川頼宣さま、ともに二代将軍秀忠さまの弟君だ。お二人とも一度謀反の疑いをかけられている。血が近いからどうしてもそう思うのだろう。同じ親から生まれた子でありながら、順番が遅かっただけで家臣とされたとの恨みがな。それも代を重ねれば血が薄くなり、立場が身に染みて未練もなくなっていく。今の御三家を見ろ、将軍の座を狙うなど考えてもおらぬ」

小さく田沼主殿頭が笑った。

「御三卿は血が近すぎると……」

「そうじゃ。それも大御所となられた吉宗さまがご存命の間はよかった。重しが利いていたからな。その重しが取れた途端、御三卿が蠢きだした。もっとも田安家は当主が病弱というのもあって、大人しかったが、一橋は違った。なんとしても将軍になりたがり、その障害の排除に動いた。その結末が……」

「……まさか。家基さま」

一兵は絶句した。

「そうだ」

「おすわの方さまのお子さまも同じことに……」

「なるだろうな。一橋の執念は深い」

重い声で田沼主殿頭が言った。

「主殿頭さま。なぜ、一橋さまをお咎めになられませぬのか」

当然の疑問を一兵は口にした。

「できるものか。何一つ証はないのだ。相手がそのへんの大名ならば、疑いだけでどうにでもできる。御三卿はそうはいかぬ。上様の従兄弟（いとこ）にあたるのだからな。それとな……」

田沼主殿頭が声を潜めた。

「他言は命にかかわるぞ」

「それならば、聞きたくはございませぬ」

「ならぬ。ここまでくれば一蓮托生（いちれんたくしょう）よ」

拒絶しようとした一兵へ田沼主殿頭が首を振った。

「上様のすぐ側に一橋の手がある。うかつな動きは上様のお命に及ぶ」

「そんな馬鹿な。上様の身辺にはお庭番が配されておりましょう。お庭番の壁をこえるのは、容易ではございませぬ」

一兵は、認められなかった。

「やはりお庭番がついていた家基さまは、死んだ」

「…………」

返す言葉が一兵にはなかった。それはお庭番を突破できる敵がいるということであるとともに、お庭番が信用できないとの意でもあった。

「上様のお命はなにがあっても守らねばならぬ」

苦渋の表情で田沼主殿頭が告げた。

「上様が人質でございまするか。お側近くに仕える者を入れ替えればよいのでは」

「そんなもの密かにできまい。それで新しく任命した者が安全だと保証できるのか」

「うっ……」

言われて一兵は黙った。

「一橋も息子を上様の跡継ぎにしたことで満足している。ここで波風をたてて、万一があってみろ、執政以下役に就いている者は全員首をさしださねばならなくなる」

「保身でございまするな」

「ふん。そなたが言えた義理か。余のもとへ来たのは、保身であろう。大奥を敵にまわしても保護できるだけの力がある余を頼っただけではないか」

「………」

一兵は言い返せなかった。

「死にたくはない。一度手に入れたものを失いたくない。もっと多くのものを手に入れたい。人というものはそういうものだ。余もすべてが惜しい。執政の地位にあればこそ、できることは多い。今の地位を守るためなら、泥水でも啜ってみせる。そなたにその覚悟はあるか」

「……ございまする」

肚をようやく一兵は決めた。

「ならば、一つだけ手がある。おすわの方さまを助け、そなたも生き延びる方法がな。ただし、江戸を捨ててもらうことになるが」

「お任せいたしまする」

一兵は頭を下げた。

「よし。明日にも手を打つが、実際に効力を発揮するまで数日はかかろう。その間、なんとしてもおすわの方さまを守れ。それができれば、そなたの行き先、余が作ってくれるわ」

「はっ」

田沼主殿頭の言葉に、一兵は雇われ先を変えた。

「家族のことは任せよ。今日中に吾が屋敷へ引き取ってくれる」

「お願い申しあげまする」

ぬかりない田沼主殿頭の気配りに、深く一兵は感謝した。

終　章

一兵は組屋敷に戻らず、そのまま御広敷へと向かった。

「結界が消えている……」

御広敷に入った一兵は、大奥の周囲を守るために張り付いていた伊賀者の気配がなくなっていることに気付いた。

「組頭」

「一兵か」

伊賀者詰め所へ入るなり詰問しようとした一兵から、百地玄斎が目を逸らした。

「なぜでございまする」

「訊くな」

百地玄斎が拒絶した。

「大奥の指示なのだ」

御広敷伊賀者の上司は御広敷番頭であるが、どうしてもかかわることの多い大奥とのつきあいが重くなる。大奥に横を向かれれば、御広敷伊賀者はやっていけなかった。

「よろしいので。大奥守護の御広敷伊賀者が、役目を放棄しても」

「その大奥が十日の間、守るなと言ってきたのだ」

苦い顔で百地玄斎が告げた。

「いくらもらったので」

大奥と伊賀の繋がりは、金にある。相当な金が流れたと一兵は感じた。

「…………」

答えることなく百地玄斎が伊賀者詰め所を出て行った。

「生き残るためか。同じよな」

一兵は、百地玄斎を責められなかった。

小さく頬をゆがめた一兵は伊賀者詰め所の天井裏から、大奥七宝の間へと忍んだ。

部屋にいる者を守るに、天井裏こそが最適であった。床下では、床板と畳を除けなければならず、咄嗟の対応に遅れが出た。対して、天井裏からなれば、薄い板を一枚破るだけですむ。他にも天井からならば、部屋のすべてを見渡すことができた。

「三日の間守れか」

一兵は、苦無を使って天井板に小さな穴を開けた。逆立ちのような姿勢で梁を足で挟み、体重を支えながら穴に目を当てる。七宝の間上段の間が一望に見下ろせた。

入り用な話を摑むまで、じっと潜み続ける。それが忍であった。飲み食いはもちろん、呼吸の回数さえ減らして、一兵は忍んだ。一夜はなにごともなく明けた。

「お方さま、御用部屋より警固の女中を十名よこしてくださるとの報せが参りましてございまする」

「……それで大事ないのでございまするか」

滝川の言葉におすわの方が述べた。

「皆、武術の遣い手ばかりだそうでございまする。また、お食事の毒味も二度おこなっておりまする。ご安心なされませ」

「はい……」

おすわの方が力なくうなずいた。

「そのていど……」

聞いた一兵は笑った。

「三日先に死ぬ毒もあるのだ。毒味役が増えたところでどうにもならぬ」

一兵は首を振った。

「しかし、そこまで面倒は見られぬ」

食事を安全なものとするには、食材の手配からおこなわなければならない。手間も随分とかかった。

「吾のできるのは刺客を防ぐだけ」

一兵は割り切っていた。できないことまで手出しをして、全部が中途半端になるより、ましであった。

ふたたび一兵は気配を消した。

人は、夜明け前、もっとも気を抜く。

三日目の払暁、風というにも小さすぎる空気の動きが、一兵の緊張を揺らした。

来るとわかっていたからこそ気づけた。でなければ不意打ちを食らっていた。鞘走りの音を避けるため、すでに抜いておいた忍刀を一兵は構えた。

おすわの方を狙うならば、床下から刀をとおすという手もあるが、夜具の下に板を敷かれただけで防がれる。天井板を突き破って上から攻撃するのが最良であった。

定石どおり刺客は、天井裏に現れた。

「……………」

一兵は忍装束の色から、来たのが和多田要であると知り、同時に松平定信が後ろで糸を引いていると悟った。

忍の戦いに卑怯の文字はない。不意打ちこそ忍の本領と、気合いもなく、一兵は右手で握りこんでいた棒手裏剣を撃った。

「……くっ」

地の利の不利な大奥へ入りこむのだ、和多田要も油断はしていなかった。身体を傾けるだけで手裏剣をかわした。

当たるのを確認するほど一兵は甘くなかった。先手を取った有利を失わないため、一兵は続けて手裏剣を投げ続けた。

一兵は手持ちの手裏剣全部を使って、要を上段の間から下段の間へと追いやった。おすわの方近くで争っていると、わずかな隙をつかれかねなかった。寝ているおすわの方めがけて手裏剣の一つでも放たれたら、一兵の負けであった。

守る対象からできるだけ引き離す。それが、守勢の極意であった。

「おのれ。御厨か」

手裏剣を避けながら、要が言った。

忍の会話は口をほとんど動かすことはなく、喉の震えを利用する。おかげで音は拡がらず、相手にしか聞こえない。

「越中守さまが、なぜおすわの方さまを」

「忍が理由(わけ)を知る意味などあるまい。我らは手足、命じられたことを為すだけ」

一兵の問いに要が応えた。

「考えることをやめた忍は死ぬだけぞ」

田沼主殿頭に言われたことを一兵は要にぶつけた。

「手足が勝手に動くか」

要がかつての一兵と同じ言葉で返してきた。

手裏剣が当たるなどと一兵は端(はな)から思っていなかった。今まで数度刃をかわし、要の腕が己より上だと知っていた。一兵は忍刀を突きだした。

「やるようになった。だが、無駄だ」

要が吐き捨てた。一兵の手裏剣はすべてはずされ、むなしく天井の柱、床、梁に刺さっただけで終わった。

「なんの障害もなく、吾をここまでとおした。これは、伊賀者もおすわの方殺害に手を貸した証拠。大奥守護が、お腹さまを見捨てた。伊賀は終わった」

動揺をさそうように要が述べた。

「そのとおりだ。伊賀は己で己を殺した」

天井裏の柱を盾に使いながら、一兵は要へ近づいた。

「伊賀は死んだ。だが、おすわの方はまだ生きている。それは、おまえの任が達成されていない証だ」

柱の陰から一兵は飛び出して間合いを詰めた。

要が手裏剣を撃った。伊賀者とは違う薄い手裏剣が一兵へと襲い来た。

一兵は手早く頭巾を解くと、右手で振った。手裏剣が頭巾の布に捕らえられた。棒手裏剣のように重いものにはできないが、薄刃の手裏剣ならば、これで防げた。

「やるな」

撃ちだした手裏剣すべてを搦め捕られた要が感心した。

「しゃっ」

間合いを詰めた一兵は、忍刀を薙いだ。

「……ふん」

鼻先で笑って要が後ろへ下がるのを一兵は追った。

「はっ」

後ろへ跳んだ要が、足を地に着けた反動で前へ出てきた。

「くっ」

不意の反撃に、一兵はあわてて身体をひねった。一兵の肩先を要の忍刀がかすった。

要が忍刀を引き戻し、ふたたび突いてきた。一兵は右へ身を投げて避けた。

「…………」

貼りつくように要の忍刀が追ってきた。一兵は足を送って、切っ先を左へ流した。いつの間にか攻守が交代していた。

「よく逃れた」

褒めながら要が忍刀を薙いだ。刃で受ければ音がする。一兵は柄で受けた。刃と刃と違い、柄には食いこむ。刀を止められた要の動きが一瞬止まった。

「おう」

一兵は思い切り要の腹を蹴り飛ばした。

「ぐっ」

要が蹴りの勢いを受けて跳び、仕切り直すために間合いを空けようとした。

「これは……」

要の目が足下へ落ちた。要の足が降りたところに、一兵の手裏剣があった。足場を変えるため、要の目が動いた。

隙が生まれた。要の目が離れた瞬間、一兵は忍刀を投げつけた。

「喰（く）らえ」

　要のみぞおちを忍刀が貫いた。

「……うっ」

　柱に縫い付けられるようにして、要が死んだ。

「なんのために手持ちすべての手裏剣を撃ったと思ってる。足場を悪くするためよ。大奥は伊賀の庭。地の利はこちらにある。梁や柱の位置は身体に染みついている。ここで戦えば、どこに足を置くかなど知り尽くしている。最初から手裏剣で片をつけるつもりなどないわ」

　策が成功した。要の死を確認して、一兵はほっと息をついた。

　忍の戦いは激しいが静かである。大奥はまだ寝ていた。

「主殿頭さまはどうなさるというのだ」

　今日が期限の三日目であった。

　やがて夜が明け、下の喧噪（けんそう）が激しくなった。

「上様よりのご状でございまする」

　表使い大島がお使い番を従えて七宝の間に現れた。

「なに、上様からか。おすわの方さまへのお見舞いじゃな」

滝川が歓迎の声をあげて、お使い番から家治の書状を受け取った。

「お方さま、上様からの……」

読み始めた滝川の顔色が変わった。

「どうなされました、滝川さま」

家治からの伝言を聞くために夜具から起き出したおすわの方が、首をかしげた。

「ば、馬鹿な。なぜ……」

啞然とした滝川が書状を落とした。

「上様からのお手紙を……」

あわてておすわの方が拾いあげた。

「……えっ」

おすわの方も絶句した。

「心にそわぬことこれあり。すわに暇を取らせる」

家治からの書状に書かれていたのは、絶縁であった。

「なにかのまちがい……」

「上様のご諚にはむかう気か」

滝川を大島が叱りつけた。家治の書状を届けに来た今、大島は上使である。滝川よりも格上であった。

「しかし……」

「従わぬとなれば、部屋親の責にもなるぞ」

「うっ」

脅された滝川が黙った。

「ただちに大奥から出て行くがいい。上様からのお情けで七つ口に駕籠が用意されておる」

冷たく言い捨てて大島が出て行った。

「その手があったか」

天井裏ですべてを聞いた一兵は感嘆した。おすわの方が狙われるのは、家治の世継ぎを産むかも知れないからである。そのおすわの方が、家治から嫌われた。となれば、お腹の子供は世継ぎではなくなる。

「おすわの方さまとお胤を守る。それにはこうするしかないな。思いきったことをなさる。となれば上様にすべてを報せたか。さすがは主殿頭さまだ。状況の変化をしっかりと読んでおられる」

家治の動揺を避けるため、家治には毒のことを報せないと判断したのは田沼主殿頭である。己の判断を変えたくないのが普通である。また、一度目を隠していたことを家治に明かさなければならないのだ。当然、家治の叱りを受ける。将軍を怒らせれば、老中といえどもただではすまない。それをあっさりとしてのける。一兵は田沼主殿頭の凄さを見た。

「上様がご信頼なさるのも当然だな」

呟いた一兵は、おすわの方の警固につくため、七つ口へと戻ることにした。

「もらっておくぞ」

一兵は、死んでいる要から忍刀と鞘を取りあげた。一兵の忍刀は、柄で要の一撃を止めたため、柄糸がほどけ、使いものにならなくなっていた。懐から手裏剣も奪う。

伊賀者詰め所の屋根裏まで来たところで、目の前に棒手裏剣が突き立った。

「組頭、そういうことか」

一兵が言った。

「わざとお庭番を通したこと、知られては伊賀が滅びる」

百地玄斎の声がどこからか聞こえた。

伊賀の結界を解かせることのできるのは、百地玄斎だけであった。

「おすわの方は死んだのか」

「生きてござるわ」

飛んでくる棒手裏剣をかわしながら、一兵は告げた。

「お庭番はそなたがやったのだな」

「確認するまでもなかろう」

和多田要を倒していなければ、一兵は帰って来られなかった。

「結界を解かせただけでなく、後始末まで大奥は、いや越中守さまは命じられていたか」

一兵は、吐き捨てた。

戻ってくるのが一兵であれ、和多田要であれ、待ち伏せていた百地玄斎と戦うことになっていた。

「どうだかな。そう政（まつりごと）というのは単純ではない。気にするな。ただ、伊賀のため死ね」

「ふん」

鼻先で一兵は笑った。

「いいや。組頭のためであろう。それはごめんだ」

一兵は百地玄斎の気配を探った。

「………」

無言で手裏剣が飛んできた。

「そこか」

棒手裏剣は威力がある代わり、まっすぐにしか飛ばない。逆にお庭番の手裏剣は薄刃で投げ方次第で曲げられた。一兵は声のした方向へ、要から奪った手裏剣を投げた。左右上下と四方へ撃った後、一兵は手裏剣の縁に指をかけ、柱の向こうへ届くよう曲げて投げた。

「うっ」

ちいさなうめきが聞こえた。

「……はっ」

忍刀を抜いて、一兵は天井裏を駆けた。

「くそっ」

柱の陰から百地玄斎が飛び出し、迎え撃とうとした。

「遅い」

百地玄斎が忍刀を抜く前に、一兵は右手だけで斬りつけていた。片手薙ぎは刀の重さも手伝って伸びる。

「くっ」

かろうじて忍刀を避けた百地玄斎へ、一兵は左手に握りこんでいた手裏剣の固まりをぶつけた。刃先もなにも考えていない、ただ投げつけるだけの攻撃だったが、お庭番の手裏剣は角が八方に出ている。そのうちいくつかが百地玄斎の顔に刺さった。

「あつっ」

百地玄斎が呻いた。壮大な目つぶしを喰らったようなものであった。

後先考えていない手持ちの手裏剣を使い切った攻撃は、百地玄斎の体勢を大きく崩した。

実戦を重ねてきた一兵の経験が、百地玄斎に優った。

「命がけの戦いは、後を考えないものでござる」

忍刀で百地玄斎の首根を一兵は、はねた。

「ひゅいっ」

みょうな音を立てて、百地玄斎の首から血が噴き出した。

返り血を避けた一兵は、伊賀者詰め所で身形を変えた。

「一兵」

「源五か」

幼なじみである柘植源五が詰め所へ入ってきた。

「去るか」

「気づいていたか。では、始末を頼む」

首肯した一兵は、天井へ目をやった。

「任せろ。組頭はおすわの方さまが襲われた一件の責任を取って切腹した体にしておく」

柘植源五が言った。

「伊賀は大奥の番人として禄をいただいておる。いかに上から命じられたとはいえ、それを放棄しては伊賀者の在りようを否定することになる。誰に言われたとしても、拒否せねばならぬのだ。それを組頭はしなかった。大奥を守らぬ伊賀者など、不要。いつか、組ごと潰されたであろう。組でなく己を優先した。そのような者、組頭どころか、伊賀者でさえない」

表情をゆがめながら柘植源五が述べた。

「行け。そして二度と大奥へ近づくな。家族を組屋敷から逃がしたおまえはもう組内ではない。次は、容赦せぬ」

「おまえもな」

一兵は御広敷を去った。

おすわの方に与えられた駕籠は、将軍の側室には似つかわしくない粗末なものであった。付き添う者もほとんどいない。しかし、ひとたび江戸城を出たとたん、わらわらと侍が集まり、あっという間に周りを固めてしまった。

「なにっ……いや」

あわてて近づこうとした一兵は、出てきた侍たちに殺気がないことに気づいた。

「警固だな」

少し離れて付き添いながら、一兵は呟いた。

行列は、おすわの方の実家（さと）ではなく、田沼家の上屋敷へと入った。

「なにをなさるおつもりだ」

見せつけるようなやり方に、一兵は首をかしげた。

田沼屋敷へ入ったおすわの方は、駕籠のまま奥へと連れて行かれた。

「生きていたか」

事情を訊きたいと床下から声をかけた一兵に、田沼主殿頭が言った。

「すべては主殿頭さまのご手配でございましたか」

一兵は、伊賀の結界が外され、百地玄斎が待ち伏せていたことも、裏で松平定信が動いたのも、田沼主殿頭の策だと気づいた。田沼主殿頭は、おすわの方が生きても死んでもいいように手を打っていたのだ。

「松平越中守の手からお庭番を取りあげねばならぬからな。将軍家以外にお庭番は不要じゃ。至上となれば他人をうらやむことがなくなる。ゆえに力を持っても悪しきには流れぬ。だが、上を望むことのできる位置にいながら、届かなかった者は恨みを呑む。その者に力が在れば、ろくなことには遣わぬ」

田沼主殿頭が述べた。

「そしてなにより、そなたの腕を知りたかった。今回のことで生き残れぬようであれば、役に立たぬからの」

「どういう意味でございましょう」

命がけの試しをされたのだ。厳しい表情のまま一兵が問うた。

「そなたに、おすわの方さまとお生まれになられた和子さまの警固を任せる」

表情を引き締めて田沼主殿頭が続けた。

「おすわの方さまには、江戸から離れ、紀州へ出向いていただく。知ってのとおり、紀州は八代吉宗さまの故郷、家治さまとのかかわりも深い。なにより江戸から遠い」

「紀州へ行けと」

一兵が確認した。

「うむ。百石くれてやる。そなたの禄は紀州家ではなく、徳川本家より賜る形となる。紀州近くの幕領から百石の知行所を与える。心配は要らぬ。お心変わりがあっても百石ていど誰も気にせぬ」

「百石……」

多さに一兵は驚いた。およそ十三石ほどの三十俵三人扶持のじつに八倍近い。

「あの後、おすわの方さまが狙われたお話を申しあげたら、上様がお泣きになられた。将軍でありながら、側室を守れず、吾が子の成長を楽しむこともかなわぬのかと」

田沼主殿頭がしんみりと告げた。

「そこで、このたびの策を上申いたしたところ、すぐにお取りあげくださった。たとえ会えずとも生きていてくれるだけでよいと」

家治には四人の子供がいた。だが、四人ともすでに死んでいた。

「そなたのことも話してある。頼りにしていると仰せであった」

「畏れ多い」

一兵は頭を床に押しつけた。

「おすわの方さまは、紀州徳川に高家として仕えている松平家へお預けする。紀州ではなくその家臣へ預ける。これがどういうことかわかるか。一門とはいえ松平は陪臣、この差がおすわの方を一段下げた形になり、その御子も将軍継嗣からはずれる。これで守るのだ。余にはここまでしかできぬ。あとは任せる。船を用意してある。余の信頼している商人の持ち船だ。東海道を延々と歩くより安心できる」

「しかし、よろしいのでございますか。ここまで田沼さまが表に出られても」

「上様から一橋の目を逸らすためじゃ。それに一橋も息子が十一代となるまで、執政たる余に手出しはすまい。今、余に何かあれば上様が動かれる。上様の口から一橋を潰すとのお言葉が出れば、すべて無に帰すからな。もっとも、一橋にとって目の上のこぶたるおすわの方を助け、上様のお血筋を遺したのだ。いつかは、報復されるであろうがな」

達観した目で田沼主殿頭が述べた。

数日後、品川の海から一艘の船が西へ向かって出航した。

「行かれたか」

報告を受けた田沼主殿頭が独りごちた。

「一橋に預けざるを得ぬとなったが、いつの日か、上様のお血筋に将軍の座をお返しすると御用部屋は誓った。それまで、頼んだぞ、御厨」

田沼主殿頭が決意を呟いた。

幕政を壟断（ろうだん）するほどの力を持った田沼主殿頭意次は、庇護（ひご）者であった家治の死によって将軍が代わった途端、累進（るいしん）して与えられた領地や城も取りあげられ、隠居謹慎を命じられた。

ときは下がって安政五年（一八五八）、子なくして死んだ家斉の孫、十三代将軍家定（いえさだ）の跡目を巡って、紀州藩主徳川慶福（よしとみ）と一橋慶喜（よしのぶ）が争った。多くの大名たちが慶喜を推したにもかかわらず、御用部屋の強硬な後押しによって、徳川慶福が勝利した。十四代将軍家茂（いえもち）の誕生である。

そして家茂は十一代紀州藩主と紀州高家松平家の姫との間に生まれた子であった。

本書は2014年11月に刊行された徳間文庫の新装版です。
刊行にあたり加筆修正しました。

徳間文庫

大奥騒乱（おおおくそうらん）

伊賀者同心手控え
〈新装版〉

2022年2月15日 初刷

著者 上田秀人（うえだひでと）
発行者 小宮英行
発行所 株式会社徳間書店
東京都品川区上大崎三−一−一 〒141−8202
目黒セントラルスクエア
電話 編集〇三（五四〇三）四三四九
販売〇四九（二九三）五五二一
振替 〇〇一四〇−〇−四四三九二
印刷 大日本印刷株式会社
製本 大日本印刷株式会社

ISBN978-4-19-894715-6 （乱丁、落丁本はおとりかえいたします）